PARAFILIAS

Alexandre Marques Rodrigues

PARAFILIAS

1ª edição

EDITORA RECORD
RIO DE JANEIRO • SÃO PAULO
2014

CIP-BRASIL. CATALOGAÇÃO NA PUBLICAÇÃO
SINDICATO NACIONAL DOS EDITORES DE LIVROS, RJ

Rodrigues, Alexandre Marques, 1979-
R611p Parafilias / Alexandre Marques Rodrigues. – 1ª ed. – Rio de Janeiro: Record, 2014.

ISBN 978-85-01-03997-2

1. Conto brasileiro. I. Título.

14-12889 CDD: 869.93
CDU: 821.134.3(81)-3

Texto revisado segundo o novo Acordo Ortográfico da Língua Portuguesa.

Direitos exclusivos desta edição reservados pela
EDITORA RECORD LTDA.
Rua Argentina, 171 – 20921-380 – Rio de Janeiro, RJ – Tel.: 2585-2000

Impresso no Brasil

ISBN 978-85-01-03997-2

Sumário

Parafilia *s.f.* do grego παρά + φιλία, além ou fora do amor; perversão, desvio sexual.

LIVROS

Tirei os contos do Onetti da estante. Pedi que lesse.

Ele riu, em vez disso. Riu e me olhou em diagonal, sério, como se os olhos e a boca não estivessem plantados na mesma cabeça; os lábios achavam graça e as pupilas se espantavam.

Ele riu, não pegou o livro de minhas mãos, não leu.

Eu sabia, já tinha visto aquilo antes: a risada, depois o olhar enviesado. Quieto, sem uma palavra, ele me julgava. Qual seria o veredicto dele.

É claro que não importava, não importa. Guardei de volta o livro na estante. E tudo transcorreu como se —

Pedi que lesse.

Ele não perguntou O quê, ou Como assim, ou Por quê — as perguntas que afloram por suas línguas, sempre que eu peço que leiam. E ele não disse Sim; apenas foi até a estante. Correu os olhos por duas prateleiras; tocou um livro, escolheu outro; leu. É claro que ele não sabia que livro era aquele,

Thomas Mann, *A montanha mágica*. Não riu, não me olhou traçando uma hipotenusa; ele apenas leu.

Leu e eu puxei a cadeira; pus sobre a cama as roupas que esperavam o armário, já lavadas. Seus olhos não me olharam, apenas leram, eu afastei as pernas.

Afastei as pernas só o pouco necessário para que minha mão tocasse entre elas, os dedos ficassem livres. Eu mordo os lábios, já me disseram isso; sempre que encontro o pequeno ponto onde tudo começa, o pressiono; quando sinto a tortura desse primeiro toque, eu mordo os lábios. Mordi.

Como se continuasse uma frase do livro, ele disse Tira a blusa, sem vírgula, ou pausa, sem desviar sua atenção, emendou o período seguinte, virou a página.

Eu tirei a blusa, depois o soutien. Ele largou o livro, esqueceu, trocou as palavras impressas pelas duas maçãs em meu peito. E tudo transcorreu como se, como se nós —

Os livros eram de meu marido, eu expliquei, fui até a estante. São ainda de meu marido, eu me corrigi. De uma prateleira baixa, tirei *O andarilho e sua sombra*; o livro estava deitado sobre Schopenhauer e Heidegger, na falta de espaço para que coubesse entre eles. Nietzsche é meu autor preferido, eu disse, estendendo o livro; mas nunca leio, nada: romances, poemas, filosofia.

Eu pedi que lesse.

Ele riu, em vez disso. Riu, mas depois leu; parou, aceitou o livro de minha mão, perguntou Onde começo.

Em qualquer ponto, parágrafo, página, aforismo, eu não precisei dizer; ele entendeu. Leu.

Os olhos dele se equilibravam entre o livro e minhas coxas, a junção delas onde, por baixo da roupa, minha mão desaparecia. Eu mordi os lábios, ele não parou de ler.

Porque ele não parou de ler minha outra mão foi por dentro da blusa, buscou os seios e nos seios encontrou o gesto que me fez olhar o teto, erguer a cabeça, separar os lábios como se pedisse. Mas eu não pedi. Ele continuou.

Continuou, cada vez mais rápido, leu, gaguejou, o livro tremeu, era um pássaro querendo se soltar das mãos, sair voando pelo quarto. Ele leu como quem cumpre uma pena; leu até que eu acabasse, morresse.

Não precisei dizer Pode parar; ele fechou o livro assim que meus músculos se soltaram.

Fechou o livro, desfez a prisão das calças, brandiu o que já ia alongado por baixo delas, como se fosse uma arma e ele pronto para me ferir. Vem cá, ele disse, urgente.

Obedeci. O livro ficou pelo chão. E tudo transcorreu como se fôssemos, nós dois, absolutamente normais.

PALAVRAS

Li uma vez que escrever palavras a esmo, sem qualquer sentido ou ligação, apenas escrever melancia, piano, penteadeira, colher, pôr no papel, uma palavra depois da outra, aroma, permissão, gesto, renúncia, candelabro: que esse exercício, aparentemente idiota, era uma forma de liberar, destravar a imaginação; dito diferente, com um sotaque místico: era uma forma de alcançar a inspiração literária. Que grande besteira. A porcaria, o livro, era de um tal J. Ralph, se não me engano, psicanálise de banheiro, que eu pus no lixo depois de terminar.

Mas macaco, carro, pseudônimo, lótus, criança.

A mulher saiu pela porta, não disse Tchau.

Quando a porta se fechou eu levantei a cabeça, livrei os olhos da folha onde eu impunha palavras sem resultado, escrevia: hífen, ganso, consignação, trégua, laçarote, molécula. Sim: molécula foi a última palavra que rabisquei antes de me levantar da mesa, ir da sala até o quarto, como se a sala e o quarto não fossem um cômodo só. Confisquei as últimas notas, o troco da última compra no mercado, as maiores moedas da caneca da estante; saí.

Deixei a extensa lista de palavras, sua gritante falta de conexão, sua inutilidade, largada sobre a mesa e saí. Molécula. Andei as duas quadras que me eram impostas até chegar ao café. O que eu teria escrito depois de Molécula se não tivesse estancado a lista, se a mulher não tivesse saído naquele exato momento, mas tivesse me libertado quinze segundos depois. Cardápio.

Desde aquela outra tarde, uma semana atrás, Fabiana evita sorrir para mim. Estende o cardápio desnecessário como se fosse um pronome de tratamento, me nega qualquer familiaridade, encena a mentira de que não se lembra de mim, eu, o homem daquela outra tarde, de uma semana atrás.

Um café com leite, por favor, eu peço, ela pergunta Só isso, eu conto mentalmente o dinheiro que furtei da caneca da estante, respondo Sim, apenas isso, por enquanto, sim. Ela se vira, leva o cardápio que eu não toquei, eu olho sua bunda moldada na calça justa, tento desvendar o triângulo de pano da calcinha por baixo do tecido.

Por hábito, me distraio ouvindo a conversa dos outros; esqueço Fabiana, esqueço as palavras, a lista que ficou sobre a mesa, inválida: se fosse um artifício útil escrever palavras a esmo, eu não estaria tomando café, mas terminando o conto começado mês passado, ou rascunhando um conto novo, uma novela, o romance. Mas a inspiração não veio; eu escrevi as palavras que me vieram à cabeça e a inspiração não veio, apenas o café, manchado de leite, chegou, chega, quente, a minha frente pelas mãos de Fabiana.

As mãos de Fabiana, que eu conheço muito bem, que me conhecem também, maltratadas. Tomo café, em vez de escrever; escrevo, em vez de trabalhar. Dia após dia. E a mulher, que saiu sem dizer Tchau, ou Até logo, a mulher é quem tem mantido minha vida possível, viável, como se cuidasse de uma criança retardada, ou pagasse por um pecado. Porque eu tomo café em vez de escrever, escrevo em vez de trabalhar.

Dia após dia. E depois volto. Chamo Fabiana até minha mesa, estampo um sorriso não correspondido no rosto, peço a conta, solenemente, como se estivesse prestes a pagar um banquete de quinze pessoas. Conto o dinheiro, as moedas, não deixo gorjeta; me levanto, aceno com a mão, sorrio, mais uma vez ignorado; volto para casa.

Volto às palavras. Mármore. Cadeia. Bugiganga. Aterosclerose. Boceta. Cambada-de-filhos-da-puta. Whisky.

Vou da mesa da sala até o quarto, fiel à fantasia de que a sala e o quarto não são apenas um só cômodo; pego a garrafa de whisky, quase terminada, na estante, a mesma da caneca onde a mulher esquece, anônima e metódica, alguns trocados para mim, uma vez por semana. Bebo.

Voltei às palavras; sentado à mesa, o copo com a bebida ao meu lado, a folha cheia de vocábulos a minha frente. Manipulador, orgasmo, estertor, punheta, cordas, brâmane, pau. A mulher abriu a porta e entrou.

Entrou e lá estava eu, sentado à mesa da sala, escrevendo palavras, lutando, à procura de inspiração. Ela sorriu; talvez não quisesse, mas sorriu. Ela, a mulher que não tinha dito Tchau, sorria agora, dizia Oi.

O sorriso e a palavra vieram em reconhecimento de meu esforço: uma tarde inteira sentado àquela mesa, labutando com as palavras, compondo o romance de sua vida, da nossa, seu sonho de ser imortal através da literatura alheia. Não se conteve. A ternura se espalhou, moveu músculos, articulações, gerou o gesto de seus dedos pelos meus cabelos.

Carícia infantil ou canina, não faz diferença, eu a aceitei, sem escolha. Devolvi o sorriso, alcoólico; respondi o cumprimento, Oi, e ousei, fui mais além, perguntei Como foram as aulas hoje.

As crianças estavam tranquilas, estranhamente. Foi o que ela disse, já deitada na cama, sem os sapatos, sem a blusa, sem o sorriso. Vem cá.

Ela disse Vem cá, como se tivesse alguma coisa para me mostrar; mas eu sabia: não tinha; eu havia caído naquele truque vezes demais, já não me enganava.

Preciso escrever, eu disse, com pompa, como um presidente da república que justificasse sua falta de tempo em atender às demandas de uma dona de casa, suas reclamações sobre o preço do gás de cozinha. Você sabe, eu preciso terminar isto aqui.

É claro que ela sabia. Sabia que eu precisava terminar o que nem tinha começado; que precisava começar. E eu, por meu lado, sabia também que ela não ignorava, por mais que este parágrafo fique truncado e confuso; eu sabia que ela não ignorava minha derrota cotidiana, meu fracasso diário, minha rendição incondicional à vida: eu entregava os sonhos como um condenado sob tortura entrega os cúmplices. A grande diferença, e ela tinha consciência também desse detalhe, é que eu me rendia, traía e entregava sem ter sido torturado.

Me levanto; por causa de tudo isso eu me levanto. Antes, escrevo: pérgula, calibre, regaço, aresta, cornucópia. E me levanto.

Quando chego à cama, sem fingir mais que o quarto e a sala não são apenas um cômodo só, dando à realidade toda a sua sórdida nitidez: quando chego à cama a mulher já terminou de tirar o resto da roupa. Eu deito a seu lado, admirado com as formas de seu corpo: cada vez se perdem mais; a mulher cria gordura sob a pele como se estivesse a ponto de hibernar, passar os próximos três meses enterrada sob a neve, sem alimento algum além de si mesma.

É claro que eu não digo nada. Ou digo, me desculpo, Estou esgotado hoje, eu falo, escrevi a tarde toda; mas ela não dá importância. Não dá importância, deitada de lado, na cama, esfrega sua bunda em meu corpo, é ela quem paga as contas no fim do mês, não concede verdade alguma a minhas mentiras, continua, se esfrega mais em mim.

Eu deito de lado também, e somos duas colheres encaixadas, dentro de uma gaveta; ou somos dois parênteses abertos, um após o outro, por algum engano tipográfico, assim: ((, símbolos desastrados jogados sobre o parágrafo de uma cama; ou somos só um homem e uma mulher que a vida cansou.

Sim, somos um homem e uma mulher porque a bunda dela, friccionada junto a meu corpo, a certa altura, insistentemente, acaba por causar o macho em mim. E o macho em mim faz minhas mãos procurarem os seios dela, do outro lado do muro de seu corpo, automaticamente; faz, força seu quadril contra o interesse que se estende sob minha roupa, e promove o rio que deságua entre suas coxas.

Enfia logo, ela diz. Enfia o pau em mim, a mulher pede, repete, implora Mete, rápido, mete o pau em mim; ela gasta cada palavra com um sussurro, os olhos fechados pela metade. Eu esqueço o conto, a novela, o romance, o café, a garçonete; esqueço a inspiração, as palavras no papel sobre a mesa.

Enfio. Meto.

Me come de quatro, ela exige, eu obedeço. Mais forte, ela exige, eu obedeço.

Os peitos da mulher são duas crianças enlouquecidas: vão de um lado para o outro, puxados pela gravidade, enquanto eu colido contra suas nádegas, eficaz e repetitivo. Os cabelos escondem o rosto que eu não veria de qualquer forma, a boca que, eu sei, está trincando os dentes, com raiva, os olhos que eu suponho bem abertos, mas inúteis.

Goza, ela exige, eu obedeço. Diz, ela exige, eu obedeço.

Ela pediu para eu continuar dentro dela, mas era impossível: como Newton predissera depois da sesta sob a macieira, meu corpo precisava cair.

Eu tombei, de lado, como se estivesse morto. Logo ela viu, no entanto, que era tudo mentira. E eu não desmenti, não insisti, não concordei: não a precavi; ela já sabia.

Segurou verticalmente meu pau, um foguete apontando para a lua, e o fez sumir, com um gemido, dentro de si.

Sentada sobre mim, a mulher pediu de novo, exigiu, ela ordenou Diz.

Falei Eu te amo, ela pediu Diz de novo, e eu repeti. Eu te amo. Fala mais, fala até eu gozar, ela implorou, depois ordenou, Fala, ela disse, eu obedeci, Eu te amo, falei, declamei, repeti, Eu te amo, ela se mexeu cada vez mais rápido sobre mim, eu confessei, eu dentro dela como um pino que a mantivesse em pé, Eu te amo, ela pediu Mais uma vez, eu falei, disse, Eu te amo, e ela disse Ai.

Orgasmo. Panela. Cipreste.

Ela gozou como se doesse; sempre foi assim.

Canela, parafuso, compensado, porta, girafa, globo, Isaac.

Acendi um cigarro. Continuei a lista de palavras e a inspiração não veio.

IRREVERSÍVEIS

4. É o apelo milenar, ela respondeu, a nostalgia da prostituta. Estava deitada de costas, a cama desfeita e suja de nós dois; os seios desciam volumosos pelo peito, arrastados pela própria inércia, ainda com as marcas de terem morado em minha boca. Eu havia perguntado a ela Por quê; mais uma vez não tinha conseguido escapar ao tumulto de depois de gozar: perguntar Por quê, querer saber os motivos, filosofar, procurar entender o sentido da vida, ou como as supercordas explicam o destino do universo, ou a razão de minha mãe ter morrido e eu ainda não. E ela citou Nelson Rodrigues, deu uma desculpa mais perfeita e erudita do que eu esperava. Trouxe seu corpo para junto do meu; maleáveis, nós nos moldamos longitudinalmente, como bronze quente. Ela justificou Nenhuma mulher trai por amor ou desamor, riu como uma criança que infringisse alguma lei adulta, continuou O que há é o apelo milenar, encenou subitamente alguma seriedade para mim, continuou A nostalgia da prostituta, e concluiu Que existe ainda na mais pura.

3. Antes ela tinha dito Esfrega seu pau na minha bunda. As cortinas do quarto eram azuis como se o azul fosse um erro. Eu me esfreguei. E, enquanto isso, enquanto eu me roçava, procurava o controle remoto da televisão, olhava para um lado, para o outro, me perguntava Por que não desliguei esta merda antes. Não encontrei, o controle remoto, eu não o encontrei e o telejornal continuou inundando o quarto de desgraças, orquestra sinfônica do apocalipse. Apesar disso, eu quase terminava, de tanto me esfregar no vale que formavam os montes das nádegas dela; eu quase terminava e então ela disse, libertadora, Agora me fode. Sim, áurea, libertadora. Ela sabia: finalmente consentir, oferecer, propor a posse, a tomada, era a dádiva que ela tinha, podia dar, espécie de dom que ela outorgava, ou melhor: bem do qual ela cedia usufruto com a satisfação mais genuína que eu já encontrei neste mundo. Os joelhos e as mãos plantados no lençol, a cabeça pendente, os cabelos descendo como água entornada, porém negros e opacos. Eu aceitei sua oferta, jazi em seu corpo. Debruçado sobre ela, minhas mãos naufragavam nos seios grandes, pendentes, a meio caminho de esquizofrênicos. E gozei.

2. Mas antes de gozar, de entrar, de ela ofertar, eu me esfregar, antes: eu tinha girado a chave na fechadura, duas vezes, como se tivesse um presságio. Ela vistoriou o banheiro; acendeu a luz, passou a cabeça pela porta de volta para o quarto, disse A banheira pelo menos parece limpa.

Eu me deparei com a cortina azul, sem coragem de tocar nela, ou de abrir a janela que ia por trás. Como lhe parece a cama, ela perguntou e não esperou resposta: já estava a acariciar os lençóis e a provar o colchão. Eu peguei o cardápio deixado sobre a mesa, comecei a passar as folhas; fingindo ler, tentava adivinhar seus passos, os atos, gestos, pensava o que me cabia fazer, como eu devia começar. Mas ela apenas me olhava. Não gosto quando começam a se despir, mecanicamente, e depois se deitam na cama e esperam: que o macho se desnude e depois as cubra. Ela não se despiu; apenas continuou me olhando, longa, como se prolongasse os últimos minutos que tínhamos, nós dois, antes de inaugurarmos a fase dos corpos nus, dos gemidos incontidos, do suor, da porra, dos orgasmos. Então eu apenas convidei, disse Vamos tomar um banho, e comecei a encher a banheira com água quente.

1. Ainda antes de tudo, nós entramos no pequeno motel, cada um dirigindo seu carro, ela dez ou quinze minutos depois de mim. Não sei de quem foi a ideia, se minha ou dela, quem decidiu que entrar sozinho no motel seria uma traição menor do que entrar acompanhado. Dentro do quarto, enquanto a esperava, liguei a televisão; evitei os canais pornográficos porque não queria já estar excitado quando ela batesse à porta, entrasse. No banheiro, engoli dois comprimidos de efedrina com a água da torneira. Voltei para a cama e me senti estranhamente vivo naque-

la espera, desejei que os minutos se transformassem em horas; duvidei que me sentiria tão bem, depois, quando estivesse sobre ela, ou dentro dela, ou ao lado dela, com sua cabeça cansada sobre meu peito, nós dois arfando, satisfeitos, eu achando os cabelos negros em que enroscar meus dedos. Continuei trocando os canais da televisão. Imaginei que obscenidades ela diria; nunca duvidei que as diria. Meio sem jeito, e com o coração aos pulos, como se tornasse ao adolescente de mim que eu tinha assassinado com tanto gosto, me levantei da cama e abri a porta, atendendo às batidas.

5. Então, depois de ela bater, eu abrir a porta, ela vistoriar o banheiro, a cama, eu propor Vamos tomar um banho, começar a encher a banheira com água quente, ela dizer Esfrega seu pau na minha bunda, eu obedecer e me esfregar, ela depois oferecer libertadora Agora me fode, eu pegar seu par esquizofrênico de peitos, gozar, ela deitar de costas, eu não conseguir escapar às filosofadas de depois do sexo, ela responder É o apelo milenar, a nostalgia da prostituta — depois disso tudo eu ri e perguntei E quanto a mim. Ela não entendeu, quis saber O que tem você. Por que é que traio, eu expliquei, perguntei, respondi com um ponto de interrogação Por que estou aqui, com você, nesta cama. É fácil, ela disse, não precisa de citação de escritor, nem de qualquer metafísica, ou psicologia, para saber o motivo; sua desculpa, sua justificativa é bem mais simples que a minha. Eu ri sem

imaginar o que ela diria. E mais uma vez me surpreendi: E só porque você é homem, ela falou, é só por isso que você trai, e está aqui, deitado nu ao meu lado. Nada mais do que um homem, meu caro.

A MULHER QUE DISSE NIETZSCHE

Sim, foi o que ela disse: Nietzsche. Disse, não como se negasse em alemão, nicht, ou espirrasse falando em russo, não; ela disse Nietzsche, simplesmente: Nietzsche. Mas antes ela disse Jan Skácel e eu perguntei O quê.

Justamente, ela respondeu, eu repeti O quê, e ela falou Pois é, ninguém sabe quem é Jan Skácel. Nada mais natural: um livro que começa com uma citação de Jan Skácel, falando da morte e de um pavão, termina com um conto pornográfico sobre o poder dos falos. Nada mais natural.

Não entendi.

Sem pé nem cabeça, ela disse. Podia terminar com qualquer coisa. Uma peça de teatro elisabetana, um conto de ficção científica com androides e seres subaquáticos, ou então o relato de um safári na África, em verso. Nada faz sentido em seu livro. Quem é, afinal, Jan Skácel.

Não importa; quando cheguei ao café, ela largou o livro. Skácel, morte, pavão, pornográfico, falos — não importa.

Guardou o livro dentro da bolsa, disse Não imaginei que você fosse chegar tão cedo. Claro que não.

O livro era meu último fiasco. Nunca considerei pornográfico nada do que eu tenha escrito, nenhum daqueles contos. Jan Skácel foi um poeta tcheco.

Eu fiquei com a impressão de que naquela noite ela me testava. A ingenuidade, em mim, é uma planta nativa, com folhagem robusta, enraizamento rápido, crescimento vigoroso. Não acredito que ela tenha lido o livro até o final.

O que vai querer. Outro café. Whisky. Um croissant. Chocolates. Você fuma. Aqui, não. O que você procurava no outro dia. Eu respondi, mas não posso contar agora, esqueci o que procurava, não sei se achei, se tornei a procurar, se desisti; mas eu respondi, disso eu tenho certeza porque ela riu com a resposta, mostrou os dentes, vi a língua depois deles, os lábios se fecharam, a conversa continuou e ela disse Nietzsche. Mais um café, por favor.

A resposta era absurda, dizer Nietzsche, simplesmente, quando alguém lhe pergunta O que faz você ficar excitada. Nietzsche, Nietzsche, como assim, Nietzsche. Uma maledicência.

Wagner compôs óperas, escreveu libretos, desenhou cenários, apagou as luzes do teatro durante a música, exigiu cortinas de veludo, falou asneiras sobre os judeus. E cometeu essa pequena indiscrição sobre o pobre do Nietzsche.

Não foi uma indiscrição, eu disse. Maledicência. Muita coisa se inventou sobre ele, Nietzsche, depois que ficou louco, morreu. Um livro inteiro, escrito pela irmã, que é vendido como se fosse de sua autoria, por exemplo. E ela disse Bem, não vou entrar nessas questões. Você me fez uma pergunta, eu respondi.

Nietzsche. Nietzsche se masturbando de forma compulsiva durante uma temporada com os Wagner, Richard e Cosima; é isso o que a deixa excitada. Claro que não, ela protestou.

Muito mais do que isso. E não importa se é verdade, se ele fez mesmo, se se masturbou, se se masturbava mais do que devia. Quer outro whisky. Está frio, hoje. O que me excita é imaginar. Mas pelo menos não chove. O pau. O homem. Por favor, mais uma dose. A masturbação nietzschiana. Outro café. O pau do super-homem nietzschiano. Não, um cappuccino. Grande. Duro. E madeleines. A ejaculação que tresvalora todos os valores, quente, espessa, Sim, com creme, por favor.

Nietzsche-Zaratustra tendo um orgasmo solitário no banheiro dos Wagner. Na minha cabeça ele devia ter um pau enorme. Está vendo, ela perguntou.

Não, eu não estava vendo, mas ela jurou: estava excitada. Só de falar, de pensar, de me contar. Nunca gostei tanto de Nietzsche como naquela noite; o problema é que Nietzsche sempre me deixou deprimido. Mudei de assunto.

O livro não termina com uma piada, eu disse, ela respondeu Mas é claro que termina, não há nada mais risível do que uma mulher excitada e um homem deprimido. Falávamos de novo do fiasco, meu livro, que ela lia quando eu cheguei, ela o guardou na bolsa, agora o pegava, dava para eu ler, eu rejeitava. Não vejo nada engraçado, eu disse; as pessoas ficam deprimidas, é natural.

Claro.

(Silêncio.)

Ela retomou: Hitler entendeu tudo errado, isso todo mundo já sabe. Wagner, Nietzsche, o modernismo, a colonização da África. O que me intriga, ela disse, é pensar às vezes que não. Meu estômago dói, não posso tomar mais uma gota de café.

E se ele não entendeu tão errado a música, os livros. Se o cubismo for mesmo uma merda. É isso o que me intriga. O que nós faríamos com a pintura moderna, com Wagner, com Nietzsche. Ela sorriu séria, me perguntou Não percebe que só podemos ouvir Wagner, ler Nietzsche porque dizemos "Hitler entendeu tudo errado". Será que entendeu mesmo tudo errado. Será que ele era realmente tão burro. E a mesma coisa aconteceu com Freud: se os nazistas não tivessem queimado seus livros, quem seria ingênuo de acreditar naquelas besteiras todas ainda hoje.

O que você quer dizer, afinal, eu perguntei olhando as horas no relógio da velha de cabelo lilás na mesa ao lado. Ela riu, eu perguntei O quê, ela riu mais, se ajeitou na cadeira, como se estivesse na borda de uma cama, nua, um sorriso malicioso nos lábios, as pálpebras fechadas pela metade.

O pau nietzschiano, ela disse. Tudo se resume ao pau do Nietzsche, duro, de dentro do banheiro dos Wagner dizendo ao mundo que talvez as coisas não sejam assim como a gente pensa.

Ela se contorceu, pediu Me desculpa. Eu pensei no que podia dizer, mas não disse nada. Preciso ir embora, ela falou.

Telefona para mim depois, eu pedi.

Ela não respondeu.

SEIOS

Jéssica tinha os seios duros, quando ela tirou a blusa eu os toquei. Eram como duas frutas verdes, firmes, talvez mangas, daquelas que a gente apalpa no mercado, não leva embora porque ainda precisam amadurar. Verdes ou não, os seios dela — eu os toquei, depois os experimentei com a boca.

Uma hora antes eu não ousaria imaginar o gosto. Nem o quarto no décimo segundo andar, todo iluminado, as janelas abertas, a cama esperando como um copo de água quando se tem sede. Uma hora antes, quando ela disse Filho da puta, mostrou o maior dedo da mão, e eu disse Não devia perder tempo com esse tipo de homem: eu não ousaria imaginar.

Não imaginei. No entanto, aconteceu. Sim: os seios dela estavam ali, tensos, tocavam os meus quando nos beijávamos. (Devagar, Jéssica tinha tirado minha camisa, aberto botão por botão, como se contasse pais-nossos em um rosário; tirou meu soutien com a destreza que nenhum homem havia tido.) Nossas bocas, juntas, uniam os seios, misturavam, e eles se beijavam também, os bicos úmidos de suor ou saliva.

Ela disse Você tem razão, e eu, embriagada pela metade, apenas repeti o que já tinha dito, achando que acrescentava algo novo, falei Não devia perder tempo com esse tipo de homem. Ela riu.

Jéssica riu, eu ri, nós duas rimos e ela pegou minha mão, me levou embora. Passamos a porta MULHERES, do lado esquerdo, no fundo do bar.

Foi no banheiro que ela me olhou estranho, que meu coração deu um pulo dentro do peito até a barriga, que ela me agarrou meio sem jeito, depois passeou a mão pela minha bunda. E foi lá ainda, no banheiro, que eu filosofei que um relacionamento heterossexual não inclui namorar no toalete; não com tanta facilidade.

Quando saímos do banheiro, Jéssica perguntou sem rodeios, propôs, Quer ir até meu apartamento, sem ponto de interrogação, simples assim: Quer ir até meu apartamento.

No elevador, que nos erguia moroso, fizemos o ritual que falhara no toalete do bar; nós duas, de frente para o espelho, ajeitávamos os cabelos, a roupa, corrigíamos a pintura dos lábios, as linhas dos olhos. O elevador parou, nós saímos.

Depois que tirou minha camisa e meu soutien, Jéssica tirou minha saia. A calcinha já tinha descido pelas pernas assim que aportamos na cama; apenas os sapatos vestiam meu corpo. Então eu cansei.

Na verdade, não: eu não cansei, apenas quis. O corpo dela, igual ao meu, os seios duros que eu descobria como se me olhasse no espelho, os cabelos compridos que eu segurava, puxava como tantas vezes os homens tinham puxado os meus, me domando — é claro que Jéssica não me cansava. Mas eu transbordava; e ainda precisava de mais.

Precisava e pedi. A cama foi o precário silêncio antes da tempestade, que se quebra como um vaso que cai no chão. Eu implorei. Jéssica não olhou meus olhos: ela se deitou em meus lábios, se criou em meus seios, correu por minhas coxas. Quero seu pau dentro de mim.

Eu disse Quero seu pau dentro de mim; pedi, implorei. Jéssica foi o corpo sobre meu corpo, atou meus braços pelos pulsos, com a corda dos dedos, me crucificou sobre o lençol branco. E, com suas pernas, ela afastou mais as minhas, já afastadas, e rudemente entrou em mim.

As janelas estavam abertas. As luzes berravam, todas acesas. Doze andares abaixo, a cidade era uma enorme mitocôndria, em um escambo quase mudo de glicose e energia; o mundo era uma célula que eu não entenderia: nunca teria imaginado o pau de Jéssica me preenchendo e abrindo daquele jeito.

Ela entrava e saía de dentro de mim, me provocava. Eu pedia que fosse mais fundo, mais forte, mais rápido.

O orgasmo que eu quis foi ela quem teve, cedo demais. Um rio de porra esguichou sobre mim e depois desaguou na cama, escorreu junto com seu sono. Jéssica dormiu satisfeita, o corpo abandonado na indigência típica dos mortos.

Eu vi seu peito encher e murchar, sua respiração cada vez mais pausada; apaguei as luzes, não fechei as cortinas.

Eu vi os seios, firmes, seu corpo na horizontal, não se desmancharem com a gravidade. Continuaram armados, desafiadores, prontos como dois soldados da guarda suíça, ou inglesa.

Eu vi, juntei minha roupa, espalhada pelo chão.

Quando suas pálpebras piscaram, fechadas, quando Jéssica começou a sonhar, eu fui embora. Não quis ficar. Para que eu perguntaria, na manhã seguinte, com o que ela tinha sonhado.

SUBSTANTIVOS

Pensava que solidão era um substantivo abstrato; era isso o que tinham me dito no colégio. Solidão, vazio, desespero, morte e amor: palavras usadas para designar estados ou conceitos, ideias às quais não se pode associar uma imagem que as represente, que não designam coisas que se possa pegar com as mãos; substantivos abstratos.

Esta manhã, no entanto, eu tropecei no vazio. Caí.

Tropecei no vazio e caí como se tivesse topado no pé da mesa, ou tropeçado no tapete.

Pé da mesa e tapete são substantivos concretos, vê-se muito bem; vazio, sinônimo precário de solidão, é abstrato. E, sendo abstrato, ou seja, inexistente, sem vida própria nem matéria, o vazio, a solidão, não poderia ter me feito, nesta manhã, tropeçar tão logo eu saí da cama. Mas eu tropecei, caí.

Assim que me levantei do chão, disse Puta merda, como é costume dizer nessas horas. Puta merda, eu disse, e isso já era um passo para o desespero, o outro substantivo abstrato que, hoje, estava concreto. Eu falei Puta merda porque, na cama, dormia ainda a mulher que entre um gemido e outro, na noite anterior, tinha ficado repetindo Eu te amo, Eu te amo, Eu te amo.

Se ao menos ela tivesse ido embora, haveria alguma esperança. O vazio estaria então explicado, a transição do abstrato para o concreto, a topada que dei na solidão, que me fez cair no chão. Mas não, ela ainda estava lá, sobre a cama: dormia, perfeitamente alheia e normal.

Por isso meu desespero. A mulher que tinha dito Eu te amo, passado a noite inteira ao meu lado, deveria ser um antídoto, um muro alto contra a solidão que eu sentia, o vazio que me derrubava concretamente na realidade do chão. Mas não era.

O amor não era o bastante, a mulher também não era, muito menos a cama, com seus cobertores, seus lençóis de 140 fios por polegada quadrada. O vazio estava aberto sob meus pés, a solidão, o desespero instalado em mim como uma vacina ao contrário.

A solução era fazer café.

Assim como amor e morte, café é também um conceito abstrato, apesar de líquido, escuro e bastante aromático. Mas isso não é passível de explicação. Eu fiz o café e não adiantou.

Não adiantou: eu continuei desesperado, o café não resolveu, a solidão estava ali, do meu lado, gato manhoso e frio, o vazio me espreitava como um casaco que eu não quisesse usar. E a morte. Já que o amor, assim como o café, não servia para nada, era a morte o próximo substantivo abstrato que me dava um soco na cara, dura e concretamente palpável.

A morte; não como estado, sinônimo de morto, mas como uma possibilidade, um flerte barato, a morte. Pular da janela era mais real que a própria janela que eu teria que abrir, depois me debruçar para poder me lançar no espaço, suicidar: findar: morrer. Puta merda.

Eu disse de novo Puta merda, como quem ri duas vezes da mesma piada. Precisava urgentemente de um dicionário, ou melhor: de uma gramática, com um apêndice de ortografia, para me corrigir a manhã que ia completamente errada. Sim: um livro de autoajuda gramatical, prático e eficaz, para fazer vazio, solidão, desespero e morte serem de novo substantivos abstratos, sem concretude e sem qualquer efeito físico e real.

Fui acordar a mulher.

Entrei no quarto. Desviei do vazio, olhei o chão para não tropeçar de novo na solidão. Era o mais certo a fazer, acordar a mulher que tinha dito Eu te amo.

Porque o amor era o único dos substantivos que continuava abstrato naquela manhã, que não tinha adquirido qualquer qualidade tangível. Era, portanto, por meio do amor — e eu achei muito justa esta conclusão — que se daria a normalização gramatical dos substantivos vazio, solidão, desespero. Et cætera.

Eu pediria que ela repetisse, em voz alta, Eu te amo, Eu te amo. Se a condição fosse o outro amor, eufemismo de sexo, como na noite anterior, se ela só pudesse dizer Eu te amo entre um gemido e outro, nós faríamos sexo. Eu toquei no braço dela, beijei seu rosto.

Virei seu corpo; ela abriu a boca, não os olhos. Me deitei a seu lado, toquei de novo em seu braço, beijei mais uma vez seu rosto. Não.

Não, nada.

Ela estava morta.

Estava morta e era esse o sentido palpável da morte, o corpo, na cama, presente e ao mesmo tempo ausentado. Solidão. Vazio. Desespero. Morte.

Quando ela começou a roncar, eu desisti; percebi que seria inútil qualquer análise sintática junto com ela àquela hora da manhã. Me levantei da cama, olhei o relógio; era hora de sair e trabalhar. Tropecei de novo.

Caí.

Me pus em pé e não disse Puta merda, apenas ri. Rir era tudo o que eu podia fazer, e o mais sensato. Dessa vez fora o amor que me fizera ir para o chão: ao fim, também tinha se tornado concreto demais.

ESBOÇOS

Para de reclamar, ela mandou; Gerti posava para o Schiele quando tinha dezesseis anos. *Nu feminino sentado com o braço direito levantado*, pintado em 1910, por exemplo; Gertrude Schiele, a irmã do pintor, é a modelo da obra.

Mas eu tenho apenas quatorze, lembrei a ela, não dezesseis. Você é homem, ela justificou, continuou E não estamos no século XIX.

Quando Schiele começou a pintar, eu a corrigi, já tinha começado o século XX.

Ela disse Dá na mesma, apontou para mim, fez gestos que só ela entendeu, com o dedo e depois com a mão inteira. Termina de tirar a roupa, ordenou; seus olhos me deixaram e foram se esconder atrás do bloco de folhas, ainda em branco.

O último desenho ficou ridículo, eu disse enquanto obedecia, tirava a roupa. Não, ela respondeu, foi você quem ficou ridículo. Eu retruquei Você precisa aprender a desenhar direito, depois ri.

Eu ri para mostrar que não queria ofender. Ela saiu de trás das folhas, um carvão na mão, olhou para mim, parado de pé a sua frente, coberto apenas com o pouco que é nossa pele toda — ela me olhou e disse E você tem que ficar mais, pelo menos um pouco mais. Será que você consegue entender.

Não, eu nunca entendi. Até hoje não sei o que ela queria dizer com Você tem que ficar mais, pelo menos um pouco mais. O quê; mais ou pelo menos um pouco mais o quê.

Charmoso. Aprumado. Dramático. Épico. Másculo. Delicado. Relaxado. Excitado.

Não sei. A última alternativa, Excitado, sua simples possibilidade, me deixava perturbado todas as vezes em que posava para ela. Justamente porque, quando ela ordenava Tira a roupa, todo o medo que eu tinha era esse, não minha nudez, nem o Pai batendo à porta do quarto, mas a possibilidade de ter uma ereção diante dela.

Um ano antes eu achava que Schiele era italiano, como todos os pintores, e pronunciava seu nome como se fosse latino, Esquieli. Foi ela quem me disse que não, que Schiele era austríaco, que nem todos os pintores eram italianos, da mesma forma que os compositores de música clássica não eram todos alemães, e os campeões de xadrez não precisavam ser necessariamente russos.

Ela me emprestou os livros de arte, me mostrou os quadros, tocou os discos com as sinfonias do Beethoven, me fez assistir aos filmes do Godard. Aos catorze anos eu consumia com voracidade qualquer coisa que me pusesse mais perto do adulto que eu não era; assim foi com tudo o que ela me ofereceu.

E também quando ela me anunciou o preço pela minha educação, ordenou Você vai ser meu modelo, quando ela disse Tira a roupa: eu entendi que aquilo seria mais um aprendizado.

Eu fui o primeiro homem que ela viu nu, se bem que nem homem eu ainda fosse.

Na nossa infância trocávamos de casa a cada seis meses, às vezes menos; muitas mudanças não se restringiram ao bairro, mas à cidade. Aos poucos, fomos nos acostumando a não fazer amigos: era um jeito de não precisar perdê-los depois. O Pai também contribuiu para que nós dois nos fechássemos em nós mesmos, sempre mais; sua vigilância canina, exagerada, só não enxergou o que precisava ter visto.

Essas foram as desculpas que eu sempre dei. Gosto de me esconder atrás delas, dizer: é natural que eu tenha sido, além do irmão, também o amigo e a amiga, e, quando a hora chegou, também o homem.

Quatro anos mais velha do que eu, como Egon e Gertrude Schiele, quando ela fechava a porta do quarto, pegava as folhas em branco, os lápis, dizia, muito naturalmente, Tira a roupa, eu obedecia e não imaginava que tivesse outra opção.

Mas a transgressão acontecia dos dois lados, e da mesma forma a descoberta. O medo da excitação vazava também de cada um de seus músculos.

E assim, com a desculpa dos desenhos, dos esboços para quadros que nunca chegaram a ser pintados, ela nos afundava mais e mais em nossa estranheza. Principalmente, nos afogava em nossa solidão.

Mas um dia eu cansei.

Ela fechou a porta do quarto, pegou as folhas, alguns crayons, e eu não posei. Não posei, não tirei a roupa, não deixei que seus olhos fossem carros correndo pelo meu corpo.

Quero aprender a pintar também, eu disse, antes que ela usasse o imperativo, me desse a mesma ordem de sempre. Eu falei Quero aprender a desenhar como você; ela procurou alguma palavra, nunca encontrou.

Talvez seu silêncio contasse o que minha ingenuidade não ousava cogitar. Quieta, ela se levantou da cadeira, me passou as folhas de papel, pegou um lápis preto na estante e uma borracha, me entregou, e começou a tirar a roupa.

Ela começou a tirar a roupa, eu comecei a rabiscar o papel. Minhas mãos tremiam, os traços saíam falhados, o contorno de seu corpo não ganhava forma nas folhas, uma depois da outra, que eu amassava e jogava pelo chão.

Era a primeira mulher que eu via. Deitou na cama, olhou para mim, sorriu imitando a *Maja nua*, do Goya. Eu procurava olhar o mínimo possível para seu corpo, desenhava de memória desperdiçando a modelo a minha frente. Pela primeira vez, ela parecia satisfeita dentro daquele quarto.

Não precisa ter vergonha, ela disse e continuou sorrindo.

Eu respondi Não, não estou com vergonha. Tentava em vão continuar os esboços, mas era impossível. E ela percebia.

Satisfeita, ela sabia: finalmente eu estava tendo uma ereção.

QUARTOS

Vida de merda, mundo filho da puta.

Isso aqui, hoje, parece o conto do Tchekhov que eu li no mês passado, misturado em alguma antologia russa, *Olhos mortos de sono*. Em uma carta a Pleschéiev, Tchekhov escreveu que "...estava garatujando um conto ruinzinho para a Pitierbúrgskaia Gazeta"; se referia a *Olhos mortos de sono*, esse era o conto ruinzinho. Parece que Tolstói também não gostou do conto, ou não o leu: não estava em sua infinita lista dos melhores contos russos.

Estavam errados, entretanto, ambos estavam errados: *Olhos mortos de sono* é um dos melhores contos que já foram escritos.

E hoje parece que eu sou a pequena Varka, a babá exausta, a criança explorada, precisando desesperadamente dormir. Eu sou a criança-babá que vai acabar matando alguém no final da história, se não a deixarem quieta, se não conseguir cochilar um pouco.

Mas não, é claro que não. Eu não me chamo Varka, meu nome é Bernardo; não sou a babá, nem a criança: eu arrumo quartos em um motel de quinta categoria, limpo os banheiros, faço as camas e depois os outros fodem em cima delas.

E ainda: eu, ao contrário da personagem do Tchekhov, não quero dormir: peço apenas que me deixem continuar lendo, sem interrupção, o livro do Turguêniev que eu trouxe esta noite, *Ássia*; a narrativa vai aos tropeços, confusa, os diálogos são longos demais, apesar de a crítica dizer que o livro é ótimo. Mas o rádio insiste, me chama, interrompe, avisa O quarto 14 ficou desocupado. Vida de merda.

Eu não respondo ao rádio, viro uma página, continuo lendo. Descubro: Ássia é a filha da camareira, Tatiana, fruto ilegítimo ou vítima do pai de Gáguin. É isso o que eu sou, eu me pergunto, a camareira macho das vagabundas e dos veados da zona do porto. Paro de pensar — mundo filho da puta — e continuo a leitura, viro outra página, o rádio chama mais uma vez, eu continuo lendo.

Atendo, me levanto, trabalho: fecho o livro quando o rádio mescla interjeições chulas à oração "O quarto 14 ficou desocupado", lança no cubículo onde me escondo para ler em paz: Porras, Caralhos e Cacetes. Ponho uma bula de remédio marcando nas páginas do Turguêniev o ponto onde parei, fiz o trem de passageiros parar, o diálogo infinito dos personagens parar, e me levanto. Atendo o rádio, digo Entendido, quarto 14: livre.

Trabalho. "O quarto 14 ficou desocupado" quer dizer que alguém terminou de trepar e que eu preciso ir até lá, abrir a porta com a chave mestra e deixar tudo pronto para a próxima foda. Em troca disso, que eu faço todas as noites, até amanhecer, entre um autor russo, uns comprimidos de efedrina, um café e alguma vodca clandestina — em troca disso eles me dão dinheiro, me indenizam pela humilhação que é estar aqui toda a noite, como um idiota, enquanto os outros fornicam nos quartos: me pagam um salário. É sob esse ângulo que minha vida se assemelha às páginas do Dostoiévski; se eu fosse um pouco mais burro, e mais preguiçoso, eu constaria em algum capítulo de *Humilhados e ofendidos.*

Ou talvez eu seja um daqueles homens tristes dos contos do Górki.

Arrumar a cama, tirar o lençol sujo de porra, às vezes de merda, lavar o banheiro, recolher alguma garrafa ou prato, talher. É isso o que eu faço, o que preciso fazer agora no quarto 14, primeiro andar, corredor à esquerda depois da escada; arrumar, lavar, recolher. Vou, pego o carrinho com os produtos de limpeza, o empurro como se estivesse em um supermercado. Assovio uma sinfonia do Tchaikóvski. Medito.

O que me angustia neste trabalho, como na vida, é o desconhecido, o inesperado. Minha mãe morreu de repente, em um acidente de carro, eu disse Puta merda, repeti Puta merda quando a fábrica do meu pai faliu, ele me disse Estamos fodidos; o que me angustia é o inesperado. Abrir a porta do 14, como de qualquer outro quarto, depois que o rádio me exorta, avisa Está desocupado, é um desses pulos no desconhecido que eu tanto temo.

Mas a vida é assim; eu empurro o carrinho. Assovio outro russo, Prokofiev. Medito: O que vai ter para mim, desta vez, quando girar a chave mestra, abrir a porta, acender a luz do quarto 14.

Foi depois de três camareiras terem sido estupradas, em duas semanas, que começaram a contratar homens para o serviço dos quartos. É claro que, com tantos veados neste motel, eu também não estou livre de ser violentado, e ainda mais cruelmente do que elas. Fui contratado. Apresentei meu currículo inútil, minha faculdade inútil, minha experiência profissional inútil (Setor Financeiro, Pagamento de Contas, Controle de Despesas, Folha de Pessoal e Contabilidade), minha fluência inutilíssima na língua russa; me contrataram.

Me contrataram por crueldade, eu sei; algum espírito de porco pegou meu currículo, riu, depois falou É este. Eu aceitei porque meu pai tinha dito Estamos fodidos, e ele não estava brincando; aceitei porque, entre uma arrumação e outra, nos dias de semana, com menor movimento, eu teria tempo para minha traição, minha grande desforra contra o mundo, contra a vida: a literatura russa.

Comecei a ler *A ressurreição* no dia da entrevista para o emprego; fui aceito e eu não estava errado: na primeira semana terminei o livro e já sabia fazer as camas. Mas não me conformei: Tolstói teria feito coisa melhor se tivesse dado um tiro na cabeça no lugar de continuar escrevendo.

Paro de assoviar a sinfonia para violoncelo do Prokofiev, estaco o carrinho da limpeza; ouço uma puta gemendo no

03. Não é preciso colar o ouvido na parede, na porta: pelo corredor reverberam seus gemidos, ritmados, profissionais e eficazes. Em quinze meses trabalhando aqui, eu aprendi muita coisa.

Sei a diferença entre os gemidos das putas, dos travestis e das virgens. Sei, pelo rastro deixado nos quartos, se estavam apaixonados, há quanto tempo se conheciam, se vão ficar juntos ainda por muito mais tempo. Eu sei.

Na época que estava relendo *O idiota*, abri a porta do 11 e encontrei uma garrafa de champanhe barato, a cama ainda quase arrumada, o banheiro seco, sem água pelo chão junto ao chuveiro elétrico. No lixo não havia preservativos. Eu pensei que fosse um casal de longa data, a paixão amalgamada já naquela pasta que as pessoas por medo nomeiam Amor. A mulher era mais nova que o homem, eu podia ver a submissão dela pela cama quase intocada, sua devoção no banheiro seco, a confiança na lata de lixo vazia; e ele, se não correspondia ao tríptico submissão-devoção-confiança como um espelho, também não abusava ou traía o que a mulher lhe oferecia. Depois eu vi, no entanto, que estava enganado.

Bebi o resto do champanhe direto da garrafa. Tirei os lençóis da cama, após muito refletir se não podia apenas os esticar, poupando a mim o trabalho e ao dono do motel o custo de uma lavagem aparentemente desnecessária. Dei a descarga na privada, espalhei um azul leitoso pelo vaso, sequei a pia e fui embora. Foi então que eu vi.

Quando eu parei na porta, o carrinho da limpeza já estacionado no corredor, eu vi; os filhos da puta tinham trepado debaixo da cama, não sei como, nem se era possível, mas eu vi, onde então estava a cama, jaziam ali as provas. Voltei para o quarto, tirei a cama do lugar, empurrei, disse Puta merda, desejei voltar para o romance do Dostoiévski, perambular junto com o príncipe Míchkin, com Nastácia Filíppovna, com qualquer personagem do livro: perambular por São Petersburgo, Moscou, por qualquer lugar — os personagens do Dostoiévski só sabem andar de um lado para o outro, e falar sem parar. Mas não, eu não podia: estava ali, eu, a camareira macho, e tinha que limpar, arrumar, recolher.

Limpar uma camisinha suja de merda, esporradas que desenhavam no chão linhas dignas de um Pollock. Arrumar, devolver a cama de volta para o lugar. Recolher a fita adesiva que atou os pulsos da mulher, talvez seus tornozelos, com certeza a boca: muitos pedaços estavam manchados com um batom purpúreo. Antes de sair, voltar para meu cubículo, eu disse mais uma vez Puta merda, depois, no rádio, eu anunciei Quarto 11 OK. Terminei de ler a terceira parte de *O idiota* naquela noite.

Eu aprendi muita coisa.

Nas livrarias Nabokov pode ser americano, talvez até ele o quisesse, mas não era, não foi, não é. Também não foi alemão, francês, inglês, nem suíço; Nabokov era russo, desde sempre e até o final, russo. Que se dane se, a partir de 1937, ele parou de escrever usando o alfabeto cirílico. A literatura norte-americana não merece e não terá um escritor do peso do Nabokov, o caçador de borboletas, nem em trezentos anos se muita coisa não mudar por aquelas terras.

Eu li *Ada ou ardor*, inteiro, na segunda semana de trabalho no motel. Enquanto lia *A ressurreição* eu não estava nervoso; conseguia, por causa do Tolstói, me conter satisfatoriamente. Mas então o livro acabou, eu comprei com meu primeiro adiantamento de salário o volumoso romance do Nabokov e não consegui mais. É claro que não foi culpa do Vladimir. O dono do motel já tinha dito, na entrevista mesmo, com seu sorriso estragado, o cigarro aceso na mão esquerda, sempre na mão esquerda, apesar de não ser canhoto; ele tinha dito No começo você vai bater muita punheta, garoto, pode acreditar em mim.

Você vai se acabar nas primeiras semanas, eu sei disso por experiência própria, ele falou, riu; não dei importância alguma ao que enunciavam explicitamente suas palavras, mas à traição hermenêutica, semiótica que elas explicitavam: eu tinha sido contratado, ele não queria dizer, mas eu tinha conseguido o emprego. Deixei que ele risse mais, fumasse, me mostrasse a boca podre, falasse Se não tem mulher, está fodido, vai se acabar de tanto bater punheta, e riu mais, fumou, mostrou o que sobrava dos dentes. Só quando veio o Nabokov, veio a segunda semana no motel, e eu me lembrei, no banheiro dos funcionários, do que ele tinha me dito, avisado: só então entendi e dei importância.

Eu sonhava com sexo, pensava em sexo, cagava sexo, respirava e bebia sexo. De repente eu tinha percebido: as pessoas ao redor de mim, nos quartos, estavam copulando: trepando, fodendo, transando, metendo. E depois eu ia até lá, até as camas, via a porra manchando o lençol, os preservativos usados, testemunhas do gozo tão autênticas quanto eu, recolhia as toalhas que tinham abraçado seios, secado bocetas. Não, não dava para aguentar. Eu me trancava no cubículo, tomava café, lia o romance incestuoso de Van e Ada, como um possesso, e me masturbava, também como um possesso.

Já estava lendo *Fogo pálido*, também do Nabokov, quando no quarto 07 eu vi a primeira mancha de sangue. Fiquei contemplando o lençol tingido de vermelho primeiro com deferência, depois com o tesão de um náufrago que sobreviveu 32 anos em uma ilha deserta e é resgatado por semideusas nórdicas e nuas. Fechei a porta do quarto, desci a calça até os tornozelos, deitei na cama: fiquei me esfregando no lençol, roçando o pau na pequena poça de sangue ainda úmido até gozar.

Gozei. E desde então criei e segui um método. Antes de sair de casa, no banho, me masturbo meticulosamente. Quando chego ao trabalho, na pia do banheiro dos funcionários, ou na privada, faço mais uma vez. E, na hora do intervalo, às três e quinze da manhã, bato, rigorosamente, a última punheta. Com isso tenho conseguido me manter controlado, focado no que importa; faço minhas leituras, arrumo os quartos, e o motel, todo esse sexo alheio e tão próximo, não me perturba mais. É isso o que eu chamo de honrar, respeitar o trabalho.

Volto a andar, empurro o carrinho da limpeza como se levasse um aleijado por um hospital abandonado e escuro. A puta parou de gemer no 03, não sem antes alçar um grito lancinante pelo corredor todo, grito de bicho ferido, de orgasmo, mas completamente falso; é claro que ela só gritou quando o cara gozou, talvez ele tenha avisado, auxiliado a sincronia do teatro dela, disse Vou gozar, ou talvez apenas Ai. De qualquer forma, eu não duvido que nesta cidade de merda a falta de profissionalismo seja tão descarada a ponto de uma puta ter, e exigir, um orgasmo de verdade; tudo é possível.

Por isso é que eu, quando cheguei com meu carrinho da limpeza no primeiro andar, senti uma picada difusa pela barriga; porque tudo é possível. O quarto 14 pode estar lavado da menstruação de alguma gorda, como na noite em que eu li *A dama de espadas*; eu não vomitei porque a efedrina, além de me dar o dom de não dormir e me fazer um homem melhor e mais forte, não me concede o vômito nem a fome enquanto está morando em mim.

Ou então o quarto 14 pode estar de cabeça para baixo: revirado, as coisas todas pelo chão, as cadeiras e a pequena mesa quebradas como na noite em que eu estava mais melancólico do que de costume e lia a esmo alguns poemas do Maiakóvski. A porta estava aberta porque ela também havia sido violentada e não servia para mais nada. Não precisou a polícia aparecer, às dez da manhã do dia seguinte, quando eu já dormia em casa, para que ficássemos sabendo: as duas mulheres, que não eram prostitutas, garantiu a recepcionista do motel, mais experiente do que eu, muito bonitas e bem cuidadas — as duas mulheres haviam sido espancadas pelo gringo de dois metros de altura, embarcado em algum navio de bandeira holandesa, que àquela altura, é claro, já havia zarpado. A controvérsia do caso ficou, na ocasião, em saber se haviam sido realmente estupradas: O que é um estupro, afinal, perguntou o dono do motel, na outra noite, sorrindo com os dentes podres de tanto cigarro; Uma mulher que entra aqui, ele disse, por sua própria vontade, não pode vir me encher o saco depois falando de estupro.

Eu chego ao 14 e a porta desta vez está fechada, intacta. Não sei se fico aliviado; a porta, assim fechada, se torna cúmplice e esconde qualquer aberração atrás de si. Ouço duas mulheres conversando no quarto ao lado e penso que a conversa das duas tem a ternura, a firmeza de uma conversa entre mãe e filha; me pergunto se já transaram, se vão transar mais uma vez, penso que seria bom assistir às duas fornicarem sem que elas soubessem.

Quando eu lia *O eterno marido*, não a edição roubada da biblioteca municipal, que hoje está na estante ao lado da outra, a que comprei sem precisar suar, trabalhar, na época em que a vida ainda era fácil e eu tinha muito mais tempo e, portanto, razões para ser triste — neste mesmo quarto, o 14, quando eu lia *O eterno marido*, eu abri esta mesma porta para assistir dois homens fodendo como se fossem dois cachorros tarados. Mas eu não sabia que eles estavam lá.

Claro. Os dois veados queriam que alguém os visse trepar; ou talvez o veado macho precisasse disso para conseguir a difícil tarefa de enrabar o veado fêmea; não sei. O quarto 14 ficou vazio e os dois foram para lá, fecharam a porta, ficaram esperando: me esperando. Caralho. Mundo filho da puta. Eu abri a porta e eles começaram a gemer alto, os dois, como se meu gesto — abrir a porta, olhar, ver — tivesse liberado uma descarga de excitação por cima deles, um balde de libido quente. E gemeram mais alto, e o que ia por trás meteu mais rápido, e o que era sodomizado pediu Mais, enquanto masturbava o próprio pau, que falhava em ficar duro.

Vida de merda. Eu devia voltar para o cubículo, largar o carrinho da limpeza onde estava, pegar *Ássia* e ir embora, mandar todos à merda: tudo à merda: qualquer coisa e qualquer um à merda. Mas não. O rádio chama, corta minha crise existencial pelo meio, a guilhotina em pedaços, pergunta Quarto 14 terminado. Eu minto, falo, respondo Em dois minutos.

Giro a chave mestra na fechadura. Quarto 14. Abro a porta. Puta merda, eu digo; fico sem saber se dou um passo para a frente ou para trás.

É claro que tinha que terminar assim. Por que não me deixaram lendo Turguêniev. Eu já sabia.

Entro no quarto, como se tivesse alguma coisa a fazer lá dentro, não precisasse chamar a polícia. Passa pela minha cabeça a ideia estranha de que quando eu rolar o corpo pela cama, colocá-lo com a barriga para cima, vou ver que a mulher tem um pau no lugar da boceta. Se isso acontecer eu vou largar tudo e fugir para a Sibéria; estou cansado, cansado demais, vida de merda.

Eu rolo o corpo e vejo, no entanto, aliviado, que a mulher é apenas mulher, não é também homem, macho e fêmea junto. Ela não é bonita. Deve ter vinte anos, não mais do que vinte anos de idade: os seios estão firmes ainda e as aréolas rosadas. Por não ser bonita e ter os cabelos pretos, lisos, ela me lembra Anna Karenina; estranhamente, sempre imaginei a personagem do Tolstói sem beleza alguma, apenas uma mulher normal, com uma graça que não dependia do físico.

Mas está morta, não há dúvida de que ela está morta.

Dá para perceber em volta do pescoço: as marcas do estrangulamento, não muito sutis pela pele clara. Olho de novo os seios, toco, encosto, desço a mão pela barriga, chego aos pelos, debaixo do umbigo, que acaricio com o carinho que me é possível. Pego na boceta dela e rio sozinho, de mim mesmo, por ter pensado que ali ela teria um pau; pego na boceta dela, está ainda úmida e quente.

Sinto pena da mulher. Os olhos, abertos, ainda procuram alguma coisa; talvez entender por quê. As marcas no pescoço, pela pele clara. Vou até a porta do quarto, fecho, tranco com a chave mestra e volto para a cama. Deito.

A boceta dela ainda está molhada. E quente.

Ponho o pau para fora.

Mundo filho da puta, eu penso.

DIÁRIO

15 de julho

Pediu demissão de novo. Telefonou, no fim da tarde, para contar. Da outra vez, se demitiu porque tinha sido promovida; desta vez, porque não a promoveram: não fizeram dela tudo o que ela acha que poderia ter sido. E está certa, ela sempre está.

Como aconteceu antes, eu sei: ela vai fazer as malas, em alguma dessas próximas noites, e vai desaparecer por uns dias, semanas, a partir da manhã seguinte. Eu sempre volto, ela diz, disse, vai dizer novamente. Para onde vai desta vez, eu me pergunto. Não faz muita diferença.

Eu já estou sozinho por antecipação. É como sofrer na sala de espera do dentista, pensando na obturação em vez de pegar uma revista e ler. Eu sou assim. Ouço as músicas que ela gravou para mim. Acendo mais um cigarro. Puta merda.

Não contei que agora fumo a mesma marca que ela. Desde a tarde em que ela tinha os cigarros e eu tinha o isqueiro. Saímos da Paulista pela rua Augusta, descendo enquanto a cidade desaparecia atrás dos tapumes de construtoras. Ela contava sobre onde morou, de onde saiu, onde amou. Eu fiquei com o gosto das ruas comigo, das palavras, repetido a cada tragada.

Sirvo-me com mais uma dose de whisky. A garrafa estava no fim, o garçom trouxe outra. A noite começava também debaixo do Copan. Ela disse que já havia bebido demais; contava qualquer coisa sobre o pai, a mãe e o irmão. As pessoas, do outro lado da vitrine do restaurante, na rua, caminhavam com um sentido próprio, que nos era alheio, ou sem sentido algum. Eu fecho a garrafa e a devolvo para a estante dos livros.

Depois de alguns dias de silêncio, eu sei, ela vai escrever. Vai dizer que está bem e o resto da mensagem será uma plantação de lacunas verdes. Caracas, La Paz, Havana, Bogotá. De algum lugar ela vai dizer que está tudo bem e que em pouco tempo estará pronta para voltar. Mas ainda não foi.

Sofro e me preocupo por antecipação. Nesta manhã, eu não consegui acordar quando o despertador tocou — é assim que deveria ter começado este diário, o conto deste dia. A janela estava aberta, o dia sentava sobre minha cabeça, os dedos do sol puxavam minhas pálpebras: mas eu não acordava, não consegui me levantar. É assim que se começa um diário; do começo, cada dia eu tenho que contar, escrever, desde o começo.

Fiz café depois que venci a cama. Engoli a dose matinal de fluoxetina com 45 minutos de atraso. Tomei um comprimido com efedrina e saí.

Fabiana fez o almoço. Fodemos depois de comer. Eu não fiquei para fazer a sesta dupla. Disse que precisava ir para casa; Tenho que consertar a pia do banheiro, eu disse. Ela não acreditou: como sempre que eu falo a verdade, ela não acreditou.

No fim da tarde foi o telefonema. Pedi demissão, ela disse. Eu não contei que estivera com Fabiana. Você merecia mesmo um emprego melhor, eu falei, um salário melhor. Filhos da puta, nós dois dissemos.

Comecei a me masturbar antes de pôr o telefone no gancho. Ela não percebeu. Eu a convidei para dividir o cigarro e o whisky comigo; não aceitou. Desligamos e eu gozei.

Enquanto lavava as mãos decidi começar a escrever este diário. É coisa de mulher, eu sei. Talvez não continue. Eu nunca termino o que começo; deixo tudo inacabado, sempre: leituras, relacionamentos, pratos de almoço, copos de água. Será um diário, eu me questiono agora, poderá ser considerado assim, se contiver apenas um dia. Não importa. Eu podia ter começado um livro de poemas, que também é coisa de mulher, ou um livro de receitas; dá na mesma.

É claro que há algo muito mais anormal e doentio em escrever diários: esta mania de autorreflexão. Os dias acabam, os diários ficam, mas isso não faz muita diferença. Se as vidas não valem grande coisa depois que terminam, os dias impressos dessas vidas não valem muito mais.

Por isso não escrevem mais, as pessoas — ninguém escreve diários. É uma perversão do século XIX, ou dos colégios de freiras, ou dos mórmons; passou. Passou, mas o mundo nem por isso ficou melhor. Tampouco a gente é mais feliz, hoje, por não escrever diários. Eu sou destemido ou estúpido. O mundo mudou.

Começam a repetir, as músicas que ela gravou para mim, no aparelho de som. O último cigarro queima pousado no cinzeiro, quase finado. O whisky secou. Não resta mais o que contar do dia. Acabou. E em algum momento a vida também vai terminar, eu filosofo sem sentir todo o peso da frase, porque se sentisse pulava pela janela os dois andares até o chão.

Agora Fabiana dorme. Ou pensa em mim, com alguma raiva que lhe é justa. Eu não durmo, nem penso em Fabiana; penso nela que me ligou à tarde, disse Pedi demissão, e eu me masturbei ouvindo o chiado de sua voz. E, se não dorme também, ela por sua vez pensa em mais alguém, algum outro. Nós formamos uma corrente triste e quebradiça, presa por precários elos de necessidades insatisfeitas.

Talvez um dia eu conte para elas minha teoria da corrente podre. Até lá, eu vou escrever este diário. Amanhã é outro dia. Ou, então, não.

NARIZES

É claro que o nariz é fálico; não precisava Freud ter dito isso. Apenas de olhar o rosto de alguém já se percebe: está lá, o nariz, fálico, ereto, no meio da cara de todo mundo.

O que não era tão óbvio, e precisou o Sigmund ter notado, é que o nariz também sangra. Sangra e tem orifícios, furos por onde se pode, por exemplo, introduzir um dedo.

Isso tudo saiu dos livros da estante ao lado da escrivaninha, a encadernação preta já desbotada, *Obras completas*: Sigmund Freud. Ele os comprou de algum vendedor ao estilo norte-americano, daqueles que vendem de porta em porta, convencem você de que precisa daquilo que nunca vai usar. Convenceu, ele comprou. Ou comprou, talvez, porque os dezoito volumes eram um belo ornamento para seu escritório.

E realmente: os livros ficaram muito bons nas prateleiras do escritório. Anos antes meu pai herdou a coleção toda, intocada, que eu herdei, ainda nunca lida, em seguida, como manda o código civil: as fortunas, e as pequenas coisas também — livros do Freud ou conjuntos de porcelana —, devem ser passadas de geração a geração, nunca lateralizadas; a sociedade se mantém graças a isso, eles dizem.

Concluindo, o nariz é masculino e feminino. Era isso o que Freud queria dizer. Pau e boceta.

BOCETA. Olhei para os dois lados como se fosse atravessar uma rua. Me levantei. Todos trabalhavam, cada um encaixado em sua mesa, os computadores engolindo os olhos, os telefones nos ouvidos. Eu me levantei; ninguém percebeu.

Caminhei como se fosse noite e eu não os quisesse despertar. Trabalhavam, mas era como se dormissem. Abri a porta do banheiro. Entrei.

Entrei no banheiro, fui até um dos reservados, onde uma privada branca e uma porta com tranca representam o melhor da civilização: a higiene e a privacidade. Mas nunca é tão simples; o esgoto vai da privada depois até o mar, a privacidade escorrega junto com a descarga. Naquela época eu não sabia, não pensava em nada disso — apenas entrei, baixei a tampa da privada, fiz dela um banco onde eu pudesse sentar.

Sentei. Tirei do bolso da calça o pequeno envelope e sentei. Abri o papel, fiz o pó formar duas linhas quase retas sobre o cartão de crédito. Cheirei. Uma fileira com a narina esquerda, a outra com a direita.

Puxei a descarga, como se tivesse mijado, lavei as mãos. No espelho, procurei se na entrada das narinas tinham restado traços do pó branco. Não. Meu rosto, refletido, tinha uma realidade e uma nitidez impossíveis até a semana anterior. Voltei para minha mesa.

Depois que estava sentado, respirei, levantei a cabeça, olhei para os dois lados. Eles trabalhavam: ainda encaixados nas cadeiras, os mesmos computadores mesmerizando os rostos, os mesmos telefones atarraxados aos ouvidos. Por hábito, eu também trabalhei. Mas pensei Eles não sabem de nada; pensei Eu não devia estar mais aqui dentro.

E continuei trabalhando.

PAU. Fechei a porta e fiquei me perguntando se alguém teria notado desta vez. Talvez. Me levantei sem fazer barulho, passei por entre as cadeiras mirando o chão, não disse palavra. Mas talvez alguém tivesse percebido, olhado; quem sabe se não riu, ou se não riram todos, maliciosos, se não pensaram, disseram Lá vai ele de novo para o banheiro.

Fechei a porta. Tranquei. Não olhei meu rosto no espelho. Levantei a tampa da privada.

Beijei seus lábios como se tivesse fome. Pelo decote do vestido, fiz saltarem os seios de dentro do soutien. Não importava que fosse Natal.

Abri a calça, afoito; deixei que descesse até os tornozelos.

Minhas mãos apertaram suas coxas, subiram seu vestido, tatearam umidades desconhecidas, pressagiaram os arrepios, talvez os relâmpagos. Tirei sua calcinha.

Tirei minha camiseta. Sabia que tinha que ser rápido, e quieto. Estariam acabando a ceia, já abrindo os presentes.

Manejando seu quadril, a coloquei de costas para mim, a bunda empinada, as pernas afastadas, os seios balançando fora do vestido, e me masturbei.

Não abri os olhos até que tivesse gozado, para garantir que ela não desaparecesse. Gozei. A privada, a parede, o chão, a mão. Ela pediu Fica ainda dentro de mim, e eu dei a descarga.

Baixei a tampa da privada. Lavei as mãos. Olhei se na roupa não tinham ficado vestígios daquele choro branco, meu, angustiado. Não. Lavei o rosto que estava ruborizado e não adiantou.

NARIZ. Quando eu voltei, ela perguntou Está tudo bem. Está, eu respondi, sentei à mesa e pedi ao garçom Por favor, água com gás. Não, ela disse, vamos embora, eu insisti Estou com sede, e ela falou Tenho bastante água em casa. Era um convite.

É claro que eu não tinha mais sede quando ela abriu a porta, acendeu um abajur distante e me deu junto com a luz toda a intimidade de seu apartamento. Vamos continuar no vinho, ela perguntou, ou começamos o whisky.

Puxei seu corpo para mim. Beijei sua boca, uma fruta suculenta, talvez figo. Aceito o whisky, eu respondi. Ela tirou a roupa sem que eu tivesse pedido, disse as obscenidades de praxe, de sempre.

Seus seios, empinados, ainda me impressionavam. Eu os esquecia, ou confundia, dissolvia os seios dela nos outros que eu lembrava, tinha visto, suspirado; então ela tirava a blusa, o soutien, e era como se eu os mirasse de novo pela primeira vez, com o mesmo espanto: eram os seios de uma garota, orgulhosos e firmes, não os de uma mulher.

Mas eu disse Preciso ir ao banheiro, em vez de os tocar. Ninguém é dono do próprio corpo. Me livrei de seus braços, de sua nudez. Ela me segurou. Eu insisti e ela disse Não, me impediu.

Não. Quero que faça na minha frente, ela disse.

Olhei seus olhos para ver se ela não estava brincando. Não. Falava sério. Queria que eu fizesse na sua frente.

Ninguém é dono do corpo alheio.

Fui embora. Não fiz.

Eu não podia, não posso. O nariz está na cara de todo mundo, todos sabem que ele existe, não dá para esconder. Não teria problema: cheirar pó ou bater punheta — com a porta fechada, sozinho, no banheiro, ou no meio da sala, se ela quisesse olhar. Mas não, defecar, não: eu não podia.

Fui embora. Não vou cagar para você ver, eu disse do corredor, expliquei, antes de fechar a porta, entrar no elevador. E a noite terminou assim, ela enxertada no meio da sala, nua, eu indo embora dono de meu constrangimento.

Porque aquilo não tinha nada a ver com narizes. Ou talvez também tivesse. Não sei.

PRECES

O tempo que ele demorou a abrir a porta foi a história de sua vida. Meditou um Sim, um Não, deu passos repetidos pelo apartamento, como se assim pensasse com mais clareza, se decidisse. Abriu.

Abriu, deixou as duas mulheres entrarem, um sorriso só no rosto; fechou a porta.

As duas mulheres: seus cabelos longos, intocados, as saias largas, em tons pastel, os livros aconchegados ao peito como bebês sendo amamentados, os modos plácidos, os sorrisos bondosos, as vozes acetinadas; entraram. E todas as certezas delas entraram junto, atrás, todas as dúvidas que haviam enterrado, os cadáveres dos pais, dos maridos sacrificados tão dolorosamente: entraram com a serenidade que têm os moribundos, com a segurança dos imbecis.

Ele fechou a porta, virou a chave duas vezes e a guardou no bolso da calça.

A mulher dos cabelos amarelos perguntou, retoricamente, se ele sabia que existia um pai que cuidava não só dele, mas de todo mundo. Ele não respondeu.

A mulher dos seios grandes, que o soutien falhava em conter, completou que esse pai tudo sabia, que ele estava em todo lugar. E tudo ele compreende, ela disse, porque é todo amor e perdão. Ele não disse nada.

A primeira mulher, como se já tivessem feito isso muitas vezes, continuou a fala da outra, sem interrupção; ela disse A prova desse amor é que sacrificou o próprio filho, Jesus, para nos salvar de nossos pecados. Jesus é o amor infinito e misericordioso de Deus tornado carne, ela explicou. Ele disse para si mesmo Puta merda.

A segunda mulher concluiu em seguida Precisamos nos arrepender. Ela disse Temos que ser dignos do sacrifício de Jesus, desse imenso ato do amor divino. Ele pensou Doentio e bizarro, mas apenas suspirou, não disse.

Não foi fácil amarrar as duas, fazer que parassem de berrar. A peituda levou um soco no rosto, que o deixou inchado e feio, mas que foi imprescindível. Só depois de assistir ao nocaute da outra, a loira cooperou, por medo ou pelo hábito da servidão: parou de resistir e se deixou amarrar também.

Ele ofereceu suco de maçã. A fruta do Éden liquefeita e industrializada, aroma sintético idêntico ao natural. Primeiro não quiseram, depois disseram Sim.

Disseram Sim, e enquanto bebiam, as duas mulheres e ele, a conversa foi descendo, degrau por degrau, do sermão religioso até o tipo de diálogo semiamistoso que os vizinhos mantêm entre si para não se matarem. Mas não deixaram de falar dos mitos cristãos, claro que não: mesmo que comentassem o preço do botijão de gás, deus estava lá, embutido, e também a cruz.

Em algum momento os três riram, juntos.

E foi depois disso que a mulher dos seios grandes disse Temos metas semanais de conversões. A mulher dos cabelos amarelos, condicionada a completar a outra, disse Sim, é como em uma loja, onde cada empregado tem um número de produtos que precisa vender por mês. A primeira retomou, concluiu Mas nós não recebemos dinheiro em troca, como gratificação. Ele pensou É claro.

Quando a peituda acordou do soco que tinha levado, ele explicou Vocês não imaginam quantas vezes já bateram em minha porta. Como não disseram nada, ele repetiu, perguntou, disse Vocês sabem quantas vezes por semana batem aqui — gente como vocês, com a mesma conversa fiada. Foi preciso ainda que ele ameaçasse com o punho fechado, dissesse Caralho, para que elas mexessem as cabeças, de um lado para o outro, negando, e ele pudesse continuar.

É muito mais do que qualquer pessoa normal consegue aguentar. Como se quisesse justificar a brutalidade de seus modos, ele completou Nunca passou pela cabeça de vocês que talvez alguém possa, ou queira, acreditar em alguma coisa diferente, algum outro deus. Já pensaram, ele perguntou, que há pessoas que não querem, às nove da manhã, ser indagadas sobre a vida e a morte, deus e o diabo, o pecado, a salvação.

É melhor você começar a rezar, ele disse apontando para a loira, e depois esfaqueou a peituda até ela parar de viver, completamente.

Meu marido morreu de câncer faz dois anos, contou a mulher dos cabelos amarelos. Não tivemos tempo de ter filhos. Acredite, ela acrescentou, me perguntei Por quê, até chegar à beira da loucura.

A mulher dos seios grandes, macios, que a blusa larga não amenizava, contou que tinha duas filhas, gêmeas, e que o marido queria ainda mais um garoto. Mas, ela explicou, agora preciso cuidar de minha mãe; está com Alzheimer. Enquanto ela viver com a gente, meu marido vai ter que esperar.

Ele achou que o riso das duas, que se seguiu a "Meu marido vai ter que esperar", não condizia com o hábito religioso que elas, quando passaram a porta, vestiam com tanto zelo. Talvez fosse malicioso, ou indecente.

Com a mesma faca que tinha usado para furar a peituda, ele abriu as roupas da loira. Cortou os tecidos, desnudou seu corpo tanto quanto era possível sem que precisasse desamarrar a mulher.

A morte da outra fez que a loira, até então calada, quebrasse o voto de silêncio. Gritou o que é possível gritar quando se tem a boca cheia com os trapos da própria roupa: ela grunhiu, rosnou, gralhou.

E urrou ainda mais, e mais alto, quando se deu conta de que a morte não era tudo o que deus tinha lhe reservado. O homem tirou a camisa e depois abaixou a calça.

Deitou sobre ela e ela deixou, consentiu sem que sua carne quisesse; ela deixou.

Em nenhum momento a mulher disse Misericórdia; não implorou ao homem, não rogou ao deus. Apenas continuou grunhindo, rosnando. Sem preces, sem fé, sem esperança: ela o guardou dentro dela, e depois guardou a lâmina da faca inteira.

Alguns acham que Deus existe, a grande maioria; outros, e são muito poucos, se dão o fardo adicional de não acreditar. É claro que eu existo.

Eu existo, mas isso não implica mais nada: nenhuma das conclusões que tiram a partir desse fato é necessária. Eu sou apenas o que sou. Que eu exista não autoriza coisa alguma — nem tampouco desautoriza.

Terminaram de pregar com uma prece. Agradeceram o suco de maçã. Deixaram folhetos com citações da Bíblia e os horários dos cultos.

As mulheres disseram para ele pensar. Disseram de novo que era preciso se arrepender. Disseram que ainda havia tempo.

E foram embora.

Jesus é a puta que pariu, ele disse lavando as mãos sujas de sangue.

PONTES

Eu tenho medo de atravessar pontes.

Como nada no mundo dos homens pode ficar sem nome, deram este: gefirofobia, para o meu pavor incomum. Ter um nome feio desses, eu sei, não torna menos ridículo o medo que sinto quando dou o primeiro passo, vejo que meu corpo não está mais no chão, mas sobre aquilo que o impede da queda: a ponte. Eu tenho medo de pontes.

Com o tempo, e após muitas pesquisas, fui aprendendo que muita gente sente a mesma coisa que eu, e não diz. Os medos que temos definem quem nós somos; por isso não devíamos ignorá-los, ou negá-los, encobri-los e dizer que não. Há um ponto fundamental, no entanto, que me diferencia dos outros gefirofóbicos: meu medo não é irracional.

Não sendo irracional, não poderia tecnicamente ser considerado uma fobia; não há qualquer traço patológico no meu pavor de pontes, de atravessar pontes. Ao contrário, meu medo é bem fundamentado, mais firme e bem assentado em suas razões do que os pés da mais segura e moderna ponte: eu já caí duas vezes.

Sim: por duas vezes caíram as pontes por onde eu passava. Caíram, desabaram, ruíram, despencaram; e eu, junto, caí, desabei, ruí, despenquei.

Ao longo de minha carreira, me acostumei a nunca tomar notas durante as sessões. Nem mesmo datas, nomes, conclusões, insights; nem a lista de compras, quando preciso ir ao mercado depois do consultório, ou as ideias para um conto, nascidas, como neste caso, das aflições de algum cliente; nunca tomo notas durante as sessões.

Ela disse Eu tenho medo de atravessar pontes, e eu pensei Eu nunca teria uma ideia absurda dessas. Deixei que ela falasse, me explicasse que seu medo se chamava gefirofobia, que as pessoas não deviam se esconder de si mesmas, de seus pavores e de suas vontades, que um medo, para ser considerado uma fobia, precisa ser irracional, ou seja, sem motivo, sem razão aparente. Deixei que ela falasse.

Quando terminou, eu disse Apenas dois medos são naturais, vieram com a gente quando nascemos, itens de série, não opcionais: o medo de cair e o medo que nos desperta o barulho, quando é alto e inesperado. Ela sorriu, eu continuei Todo o resto é aprendido.

Não concluí mais nada porque o tempo da sessão tinha terminado. Levantei-me, disse Continuamos na próxima semana, ela saiu e eu liguei o computador, comecei a escrever. De novo fiquei admirado: Medo de pontes — eu nunca teria inventado isso.

O conto começou assim.

A primeira vez foi uma ponte grande e aparentemente firme, que nada fazia supor que pudesse vir abaixo. Mas veio, caiu; caímos.

Você já sabe: desabou a ponte e eu junto. É claro que eu podia ter morrido, ou não ter me recuperado mais do trauma.

Como eu disse, nada indicava que uma pequena falha em um dos cabos de sustentação, uma fissura finíssima, por assim dizer, viesse a aumentar e a dar nisso, na queda da ponte, na minha queda junto com ela. Foi uma surpresa tão grande quanto a vez em que descobri que estava grávida, aos dezesseis anos. Eu olhei para minha mãe, nas duas ocasiões, eu olhei para ela e disse Não é possível.

O que mais me atormentou na fase de recuperação foi a pergunta Por que eu. Por que eu, eu me perguntava sem parar, maniacamente; era uma ideia fixa, obsessiva, que girava o dia todo em meu inconsciente, à noite também; eu não dormia mais. Por que eu.

Por que não tinha caído depois, ou antes de eu atravessar, passar por ela, a ponte. Por que foi preciso que eu estivesse sobre ela, sentindo que estava segura, como um bebê no colo da mãe, ou ainda no útero — por que foi preciso que eu me dispusesse a atravessar a ponte para a finíssima fissura aumentar, romper um dos cabos de aço e, numa reação em cadeia, os outros cabos rebentarem também e a ponte toda vir abaixo.

Era uma ponte forte e muito bonita. Mas caiu. Desabou, ruiu, despencou.

E eu junto com ela.

Nas primeiras sessões eu evito interpretar. Guardo meu silêncio, escuto; quando extremamente necessário, direciono o discurso do cliente para que ele não desperdice seu tempo — e principalmente o meu.

Deixo que as palavras levem umas às outras, pela mão, que a fala siga sem freios; eu sou pago para escutar. Nos últimos anos, com a popularização da psicologia, de suas artimanhas, cada vez mais os clientes se apressam em tomar meu lugar, do psicólogo; contam seu problema e, logo em seguida, dizem o nome do transtorno, dão o diagnóstico, apontam a causa que era para ser latente, indicam o tratamento, interpretam.

Por isso eu digo: eu sou pago para escutar; é cada vez mais assim, como se eu fosse uma privada, ou uma lata de lixo. Ela disse Estava segura, como um bebê no colo da mãe, depois remendou Ou ainda no útero; ela disse Inconsciente, disse Ideia fixa, obsessiva. Um dia eu não vou aguentar, acabo rindo na cara de um cliente, ou o mando à merda.

A segunda vez era uma ponte menor, bem pequena, que estava claro que ruiria. Ruiu.

Caiu, assim que eu pus os dois pés sobre ela. Rangeu, como se avisasse, balançou pedindo ajuda e depois despencou. Despencamos; eu caí junto de novo.

Você vai querer que eu explique por que me dispus a atravessar o rio por aquela ponte precisamente. Por que não procurei outra passagem, por que não esperei outra ponte mais confiável para me levar até o outro lado. Por que, se estava tão claro que não era firme, que não era seguro, por que eu, ainda assim, dei o passo, me pus sobre a ponte.

Porque nunca pensamos que as coisas ruins acontecem. Ao menos não com nós mesmos. Por isso eu fui, tentei, desabei, caí.

É claro que eu estava errada. E se você me pergunta agora sobre minha primeira gravidez, deve ser apenas para que eu perceba: daquela vez, aos dezesseis anos, eu também estava enganada. Mas não, isso, não; e minha negação não é um mecanismo de defesa, eu lhe garanto.

Ela olhou o relógio caro agarrado a seu pulso e me fez notar que a sessão tinha terminado.

Não se lembrou de ter lido sobre isso em uma de suas revistas femininas, não pensou que olhar o relógio, me fazer notar que a sessão tinha terminado, era uma fuga, tão clássica como Anna O. deitada em um divã. Mas não me opus, deixei que ela fosse, fugisse; eu precisava escrever o conto.

Só propus que ela falasse de sua primeira gravidez (e eu nem sabia quantas tinham se seguido àquela) porque a narrativa me pedia mais alguns parágrafos. É claro que ali devia ter uma página picante como páprica, eu pensei, para preencher meu conto; sexo adolescente costuma despertar a atenção dos leitores. Mas não.

Quando olhou para o relógio, ela disse Não; disse simplesmente Não, e se levantou da poltrona, foi embora. Sem querer, eu tinha acertado com precisão cirúrgica um ponto delicado de sua personalidade. E o conto não ganhou os parágrafos a mais.

Com essa descoberta, nas sessões seguintes eu não poderia continuar mais apenas como ouvinte, deixando que ela falasse, conduzisse a sessão enquanto eu esboçava literaturas em minha cabeça. Tinha chegado a hora de começar a trabalhar. Porque eu também sou pago para exumar corpos, desenterrar tesouros e acender todas as luzes de uma vez só.

A extraordinária hermenêutica psicanalítica ia começar.

A primeira ponte se chamava Bernardo e a segunda Andre.

Com Bernardo as coisas foram sempre muito bem e eu nunca entendi o que deu errado. Eu disse para minha mãe Não é possível, e ela me falou Eu avisei a você, como se estivesse vingada.

Nós dois fomos ruindo aos poucos. Cada dia tinha um pedacinho a menos de nós, uma palavra mais vazia que trocávamos, um gesto com menos sentido, um olhar já não tão verdadeiro. Não brigamos, não discutimos, não apontamos culpados; apenas acabamos.

Sim, um dia tínhamos terminado. Não sobrava mais nada de nós dois, de tudo o que nos havia colado um no outro:

havíamos gastado tudo. Foi como um filme; depois de uma hora e meia, ou duas, os créditos começam a subir, as luzes do cinema se acendem, e às vezes você fica sem entender o final, o que aconteceu, qual foi o sentido de tudo aquilo. Aconteceu assim, Bernardo e eu.

Ao contrário, com Andre estava claro, o tempo todo: ia dar errado, íamos os dois acabar espalhados no chão, como ovos quebrados, caídos de algum ninho no alto de uma árvore. Dessa vez minha mãe não precisou dizer Eu avisei a você, ainda que ela tenha se traído, como anteriormente: algum contentamento escapou de novo involuntário pelos cantos de sua boca, quando eu disse que tínhamos terminado.

Andre e eu nunca poderíamos ter dado certo. Foi a necessidade de rejeição dele que o lançou sobre mim; foi minha solidão desesperada que me fez dizer Sim, pegar sua mão e tentar. Tentamos. Não funcionou.

Ele disse, um dia, Não é o bastante; eu disse Para mim já foi demais. É claro que eu mentia, contava o que precisava dizer para que ele desabasse, nós dois despencássemos, juntos, de uma vez só, e terminássemos em pedaços, espalhados pela calçada.

E é por isso que eu tenho tanto medo de atravessar pontes. Porque dói. Porque dá errado e então dói.

O que vai querer, eu perguntei, ela respondeu indagando Por que não tomamos vinho. Como estava frio, eu quis um pedaço da Espanha; pedi um Tempranillo envelhecido em carvalho, seis ou doze meses. Olhei a mão do garçom, anotando o pedido, e me lembrei de *O grande masturbador*, do Salvador Dalí, por uma associação de ideias aparentemente intelectual, mas que devia encobrir algo escabroso e que não precisa ser dito agora.

Não vai mais me analisar, ela perguntou, como se afirmasse ou pedisse.

Não, eu disse, respondi, É assim que funciona fora do consultório; chega de trabalho. Ética profissional.

É uma pena, ela devolveu, eu concordei sem motivo, as taças se tocaram sobre a mesa. Ela descruzou as pernas, bebeu o vinho, tornou a cruzar as pernas.

Gosta do Surrealismo, eu perguntei, sem saber o que dizer. O vinho tinha um gosto acentuado de uvas-passas. Ela sorriu e não respondeu.

Não tem como eu evitar o medo, não me sentir apavorada; estou diante de uma nova ponte. Ele pede que eu dê um passo, depois outro, e me abandone de novo nesse vazio evitado que substitui o chão. Mas não é tão simples.

Eu disse a você, na primeira vez que vim aqui: meu medo não é irracional; eu já caí, despenquei, duas vezes; eu sei que machuca.

Ontem, ele me pediu em casamento.

Eu não sei. Realmente não sei se quero atravessar, se vale a pena chegar do outro lado. Não sei. Talvez não queira.

Esta noite sonhei que estava sobre um cavalo, branco mas bastante sujo, que corria por uma estrada, margeando uma floresta. Eu estava com medo e à beira de um orgasmo. É contraditório, eu concordo, mas é assim que me sinto. Não posso cair de novo.

Não posso ver de novo ruir sob meus pés o mundo, minha vida, ver se abrir como uma boca o abismo de mais uma desilusão. Chega de traumas. Não vale a pena trocar a dor da solidão por outra dor maior. Você sabe do que estou falando.

É claro que eu sabia.

Mas às vezes duvido da psicologia. Ou então duvido da capacidade de meus clientes em usufruir o que a psicologia, por meu intermédio precário, pode lhes oferecer.

De modo que, em vez de dizer a ela que estamos lançados no não ser, irremediavelmente, que a matéria da vida é o desconhecido, eu apenas a convidei para sair, jantar. Por puro cansaço, por pura falta de vontade de lhe propor algum curativo qualquer.

Mas ela disse Não. Depois se levantou, sem olhar seu relógio caro, sem me dizer que a sessão tinha acabado. Saiu pela porta.

Perdi a cliente; ela nunca mais voltou.

Perdi a garrafa de vinho espanhol, que nunca foi pedida, nunca foi aberta, e tudo o que poderia ter acontecido depois.

E perdi um final melhor para o conto, que termina assim, abrupto e bobo, mas sem acabar. Exatamente como uma ponte que viesse abaixo. O medo de pontes se chama gefirofobia; é bom repetir para eu não esquecer mais.

SONHOS

Pensei em ir embora assim que ele começou a sonhar. Me levantava da cama, me lavava, punha a roupa e saía. Podia deixar um bilhete; ou talvez apenas anotar meu nome, meu telefone, largar o pedaço de papel sobre a mesa da sala ao sair; ou então podia escolher me transformar em uma incógnita, abrir a porta, depois fechar, e não deixar rastro, palavra: sumiria e ele teria que me decifrar.

ME LEVANTEI. O apartamento era impessoal como um quarto de hotel.

Não havia foto alguma, além de uma já bastante desbotada, em que ele aparecia ao lado de um velho. Os traços do outro, semelhantes aos seus, deixavam supor que talvez fosse o pai, ou um avô. E no fundo da foto: um lago e depois um pequeno palácio, tipicamente europeus.

Mais nada. Nada além dessa fotografia. Nada além dos livros, espalhados por três estantes, por uma longa prateleira, para contar quem ele era. Ele: o homem deitado na cama, que sonhava.

ME LAVEI. Fechei a porta do banheiro sem fazer barulho; abri o chuveiro. A água não demorou a esquentar. Me lavei.

Sequei o corpo com sua toalha, ainda úmida do banho que havia tomado provavelmente antes de sair.

Acendi as luzes sobre o espelho embaçado: a iluminação era perfeita para fazer a barba, ou talvez a maquiagem.

Depois procurei, dentro do pequeno cesto que havia atrás da porta, sua intimidade, delatada pelas roupas sujas. Duas camisas azuis, três brancas, uma calça social, muitas meias finas de usar com sapato, pretas; cuecas de cores tradicionais em modelos pouco anatômicos.

Notei: sobre a pia havia apenas uma escova de dentes. E ele usava fio dental.

Saí do banheiro e apaguei as luzes.

PUS MINHA ROUPA. Fui recolhendo do chão, da cama, peça por peça, tudo o que ele tinha despido tão impaciente. A calcinha, ainda úmida, eu vesti e depois tirei, por baixo da saia; guardei na bolsa.

Antes de pôr os sapatos, me abaixei para olhar sob a cama. Talvez achasse algum preservativo esquecido, ou sapatos que, por falta de lugar no armário, ele escondesse debaixo da cama, ou uma peça de roupa íntima, de mulher.

Mas não, nada: não havia coisa alguma — nem mesmo pó. Calcei os sapatos.

Calcei os sapatos e fui até a porta, andando na ponta dos pés. Eu não queria que ele acordasse; não queria ter que me explicar, dizer por que ia embora daquele jeito.

NÃO FUI. Como se a maçaneta da porta tivesse me congelado: fiquei estática, não saí: não fui.

O sol, do outro lado da janela, avisava que tinha começado a se levantar; com cuidado, eu fechei as cortinas. Voltei para a cama.

Ele ainda sonhava. Tirei os sapatos, deitei ao lado dele, vestida, me perguntei Se dormir agora sonho o sonho que ele está sonhando. Não, não era possível: termos os dois o mesmo sonho, juntos, eu continuar a história que ele começou, levá-lo pelos lugares de que só eu me lembro, mostrar meus desejos, fazer vivos para ele os medos que eu tenho.

Mas era doce ver como o homem, dormindo, parecia uma criança. Fechei os olhos.

* * *

Quando acordei, a manhã já estava pela metade. Um gosto amargo rodava pela minha boca como uma bala equivocada. Sentei na cama para perceber que o quarto girava, uma roleta complexa com o centro em mim. Me levantei.

Ela ainda estava deitada.

Me levantei e não entendi o paradoxo de meu corpo nu e do corpo dela, alongado paralelamente à borda da cama, completamente vestido. Fui ao banheiro: urgia mijar e lavar a boca. Por que ela não tinha ido embora, eu me perguntei, suspirando.

Na cozinha, bebi água da torneira depois que abri a geladeira e vi que a única bebida gelada era meio litro de leite, provavelmente azedo. Voltei para o banheiro; procurava efedrina e tentava entender por que a mulher tinha ficado até de manhã; achei os comprimidos, não achei a resposta.

Teria sido mais simples se ela tivesse ido embora, deixado talvez um bilhete, por educação; eu ligaria de volta, ou não; não precisaria agora lhe dizer Bom dia. Voltei para o quarto.

Ela sonhava. O gato não tinha acordado, nem estranhado sua presença; dormia também, deitado sobre a poltrona, talvez a mulher nem sequer o tivesse percebido. E ela sonhava, as pálpebras trêmulas denunciavam o sonho, como um prenúncio ao choro.

Deitei novamente. Pensei que, se quando ela acordasse eu estivesse dormindo, talvez fosse embora sem que tivéssemos que nos falar. Fechei os olhos. O quarto tornou a girar.

Dormi, apesar da efedrina, e não a vi se levantar. Acordei depois das duas da tarde, de sonhos como pesadelos.

No pior deles eu caminhava por uma cidade deserta. Seguia pelas ruas e não havia ninguém, carro ou gente, somente árvores, por todos os lados. De repente, apareciam crianças, correndo, e alguns adultos surgiam depois delas. As pessoas me culpavam por algumas crianças não terem olhos, por outras não terem mãos. Acordei entendendo que eu era o pai de todas elas, e que a culpa de tudo era minha. Eu não devia ter lido aquele livro do Jung.

Virei para o lado e a cama estava vazia. Me levantei, tranquei a porta; o mundo não rodopiava mais. Tratei de esquecer os sonhos.

O gato ainda dormia.

AS FRAUDES DE HUSSERL

Água com gás, ela disse sem ter tocado no cardápio, sem olhar para o garçom de pé ao lado da mesa. Ele perguntou se queria mais alguma coisa, ela respondeu Não, por enquanto não. Ela ficou olhando a rua pela janela: o vidro, indo do chão até quase o teto, dava a impressão de uma vitrine de loja, ou de um aquário.

O garçom, entretanto, anotou o pedido e continuou ali, de pé, parado a seu lado. Não demorou muito para a mulher deixar a rua e a janela, olhar o homem da cintura até o rosto, com uma interrogação nos olhos, a sobrancelha direita levantada como um acento grave. E ele entendeu: disse Com licença, caminhou até o final do café, parou no balcão onde se aprontavam os pedidos.

Talvez ele não gostasse de clientes como ela, que se sentavam e o tratavam com uma espécie de desdém educado, com uma frieza de século XIX, aristocrática. Algumas pessoas sabem impor diferenças, seja pelo motivo que for. Ela podia ter olhado para ele, talvez sorrido; podia ter dito Por favor, depois de pedir a água com gás, ou ter dito Obrigada, após ele perguntar se queria mais alguma coisa. Mas não, ela não disse, eles nunca dizem. E mesmo assim ele não se ofendeu, não deixou de estar, talvez, menos encantado pela mulher.

Ela, por outro lado, podia ser que estivesse em um dia ruim. Ou podia ser que houvesse notado: o garçom aproveitava o fato de estar de pé e ela sentada para olhar por dentro de sua blusa, entrando com os olhos pelo decote até chegar aos seios — eu também tinha reparado quando ela passou pela porta do café, ladeou minha mesa e se sentou à mesa contígua: iam soltos dentro da roupa. Ou então ela simplesmente tinha sido criada assim, acostumada a entender que as pessoas não têm chances iguais e, portanto, não são nem serão iguais: o fato de ele ser garçom e ela uma mulher bonita, e provavelmente rica, estabelecia um degrau entre os dois que ela não queria que se nivelasse; Karl Marx que se fodesse.

Ele voltou com a água, pôs uma taça sobre a mesa, serviu. Ela o chamou quando ele foi embora, fez um daqueles ruídos que se usam também para chamar um cachorro, ou uma criança de quatro anos de idade. A água era sem gás, ela disse; ele falou Claro, se desculpou, providenciou a troca. A cada ida e vinda, a cada vez que beirava a mesa, como se se vingasse, o garçom escorregava os olhos para dentro de sua blusa, bolas de gude que ela sentia rolando pelos seios, visivelmente incomodada. Talvez a mulher se ofendesse. Ele voltou, perguntou Não quer mesmo mais alguma coisa, e olhou de novo.

Ela repetiu, sem tirar o rosto do aquário da rua, Por enquanto não. É bem possível que ele tenha refletido, assim como eu, que a insistência naquele "por enquanto" implicava a espera por uma companhia que ainda chegaria. Talvez o atraso explicasse a rispidez polida da mulher. Ela não tinha uma aliança na mão esquerda, nem na direita. Quando olhou para mim, desviei os olhos e percebi que me excedia no exercício de observação literária a que me dedicava, imitado dos que Hannah fazia. Chamei o garçom.

Outro café com leite, por favor, eu pedi, ele anotou e não me disse Pois não, nem Um minuto; garatujou o pedido no caderninho que cabia na palma de sua mão e foi para o balcão, no final do salão, sem ter olhado meu rosto. Antes que ficasse pronto o café com leite, ela também o chamou, repetindo o chiado para cães. Em vez de dizer, usar a boca, simplesmente apontou com o dedo no cardápio para o que queria. Ele falou Muito bem, perguntou Mais alguma coisa, ela disse Não, ele insistiu Outra água, e ela não respondeu.

Não acredito que tenha passado pela cabeça dela que um peixe, dentro de seu aquário, não sabe que é ele que está enclausurado, que não é o mundo que está contido por paredes de vidro. A mulher fez o pedido não porque tivesse desistido de esperar, mas para, quando a outra pessoa chegasse, não haver qualquer dúvida de que estava atrasada. Olhou no relógio duas vezes em menos de cinco minutos. Meu café com leite chegou. Ela aproveitou o garçom em minha mesa para, sem mesmo o chamar, dizer Pode cancelar meu pedido.

Mas já estava pronto seu prato, esperando no balcão para ser trazido. Talvez por causa disso, o garçom, quando respondeu Vou pedir que cancelem seu pedido, olhou os peitos dela de novo e mais acintosamente; ou foi apenas uma impressão minha, irreal. De qualquer forma, quando eu rasgava o segundo sachê de açúcar, ela se levantou e, passando de novo pelo meu lado, atravessou o café. Dava os passos com uma segurança que não lhe era nova. Nossos olhos seguiram a mulher até ela desaparecer por uma porta. Toaletes, estava escrito.

Eu levantei a mão, chamando o garçom; ele não me atendeu. Precisava de mais açúcar. Chamei de novo, ele me viu no ridículo de minha mímica, veio em minha direção mas não me atendeu. Perto da mesa onde eu estava, fez uma curva de noventa graus, deu mais alguns passos e desapareceu pela porta lateral. Toaletes.

Depois, quando fosse contar a história deste dia, desempregado, mas orgulhoso de alguma forma biologicamente compreensível, ele não saberia explicar ao certo por que entrou no banheiro feminino. Muito menos ele saberia dizer a razão de, após ter fechado a porta, haver colocado a comprovação de seu sexo para fora da calça. Providenciou sem dificuldade que se erguesse, que a ponta ficasse, reluzente, apontando para o teto. Mas nada disso, é claro, eu tenho como saber — estou apenas conjecturando.

Quando a mulher acionou a descarga e saiu de sua latrina branca, se deparou com ele, o garçom, parado ao lado da pia e diante da porta, com o pau para fora. A inércia do corpo dele impedia que ela saísse. A mulher foi dócil: logo se deu conta de que a equação que resolvia aquele problema só admitia uma solução. Ainda assim foi preciso que ele a segurasse com força, pela nuca, a debruçasse sobre a pia, dissesse Não grita, puta, e afastasse suas pernas.

Os dois saíram quase juntos, passaram a porta que levava aos toaletes e ao depósito. O garçom apareceu com o rosto corado, veio direto em minha direção. Aqui, senhor, ele disse, espalhando sachês de açúcar por cima da mesa. Ela olhou mais uma vez para o relógio. Eu tive a certeza de que não havia dado certo: o exercício de observação que Hannah fazia com tão bons resultados e que eu tentava imitar. Porque em algum momento o fenômeno me escapa, e eu sempre começo a inventar.

O garçom serviu alguém no fundo do salão. Quando passou pela mulher não perguntou outra vez Mais alguma coisa, nem se emaranhou pelo decote da blusa dela. Chegou a minha mesa e eu pedi a conta.

CACHIMBOS

Quando René Magritte pintou *La trahison des images* tocou em um ponto delicado: as definições negativas; embaixo do cachimbo, na tela, em letra cursiva, feminina, ele escreveu *Ceci n'est pas une pipe*. Pois bem, isto não é um cachimbo — e também não é um vaso com flores, nem uma cigarreira, uma latrina, um sofá, uma bola de boliche, um cachecol et cætera. A definição por uma proposição negativa tende sempre ao infinito.

É claro: um quadro, por mais perfeita que seja a técnica que o pintor empregue, não é nada além da representação de um objeto. Assim, a tela que mostra um cachimbo não é, obviamente, um cachimbo, mas apenas a imagem de um cachimbo feita com tinta a óleo. O quadro de Magritte é inútil se você estiver com vontade de fumar: esta é a questão fundamental.

Também Gustave Courbet poderia ter adicionado uma legenda negativa em *L'Origine du monde*, talvez mais como uma advertência: Isto não é uma boceta. Como um fumante terá vontade de fumar olhando a tela de Magritte, da mesma forma o homem mediano sentirá o desejo em algum de seus graus ao admirar a obra de Courbet; nos dois casos, para os dois espectadores, a pintura não é nada além de uma provocação inútil, pois apenas representa alguma coisa, mas não é e nem traz a opção de desfrutar esta mesma coisa.

O último espectador privado, ou o último proprietário de *L'Origine du monde* foi Lacan, o que me faz pensar automaticamente em Freud. Eu poderia, no entanto, ter chegado ao psicanalista-mor também por meio do quadro do cachimbo, por uma associação não muito livre de ideias: enquanto Magritte escreveu Isto não é um cachimbo, Freud, com seus mecanismos de defesa, disse Às vezes um charuto é só um charuto. Com essa advertência sobre o pênis queimando em sua mão, Freud chamou a atenção para uma das principais peculiaridades das interpretações psicanalíticas: assim como a pimenta, a psicanálise é boa apenas enquanto está ardendo nos olhos dos outros.

Voltando ao quadro de Magritte: caso não houvesse uma resposta simples para a pergunta que surge de *La trahison des images* — Se isto não é um cachimbo, o que é, então? —, aonde se chegaria empilhando negativas como a legenda do quadro? A definição negativa é complicada por sua própria natureza, e também pela forma como o cérebro humano compreende o mundo, de modo que é mais fácil dizer logo o que uma coisa é do que ficar explicando tudo o que ela não é. Essa dificuldade fica evidente, por exemplo, ao se observarem os cães: é inútil dizer para um cachorro, com uma frase dotada de sujeito e predicado, o que você quer que ele não faça.

Mas há coisas, ou conceitos, que são exclusivamente negativos, e isso costuma ser muito complicado de definir sem usar um advérbio de negação ou um antônimo. Por exemplo: morte, escuridão, vazio, ausência, silêncio, nada — a lista dos substantivos negativos é extensa e termina com um nome próprio: Cecilia.

Cecilia não é uma mulher, mas também não é uma criança. E ela não é uma das *jeunes filles en fleurs* do Proust, não como eu imaginei Albertine, Andrée e Rosemonde quando li o livro aos 21 anos. Cecilia, em termos botânicos: não é a árvore, nem a flor, nem a semente; mas também não é a muda da árvore, depois da semente e antes da flor. Ela não é a personagem de Nabokov, não é a modelo de Irina Ionesco, como não é também a trágica heroína palindrômica de Tolstói, ou uma das mulheres de Schiele.

O parágrafo anterior foi a tentativa de definir Cecilia com a ajuda de advérbios de negação. Agora, eu tento explicar Cecilia usando antônimos: Cecilia é o contrário de Jacqueline e de Fernanda. Ela é o oposto da Scarlett Johansson dos filmes de Woody Allen, ou de Penélope na mitologia grega. Et cætera.

Escrever "et cætera" é como hastear uma bandeira branca, capitular diante da tarefa de explicar um conceito negativo, ou de contar Cecilia. Ontem, quando eu lhe mostrei o quadro do Magritte, ela riu maliciosa e disse *Vraiment, ce n'est pas une pipe; c'est seulement une pipe.* Eu fiz minha cara típica de bobo desconcertado e não consegui sorrir.

Como conceituar este pequeno mamífero, espécie humana, sexo feminino, treze anos de idade, que já fala francês?

E ainda ri, adulta, seu riso de criança, e usa o duplo sentido do cachimbo francês, órgão sexual masculino e objeto que se usa para fumar, sem sequer ficar ruborizada. E depois declara que a pintura de Magritte, junto com os dadaístas e os surrealistas, não passa de uma palhaçada pintada com um academicismo ridículo e fora de moda.

Cecilia dorme e eu suspiro. O artigo que comecei, pretensamente filosófico, para tentar justificar o academicismo ridículo e fora de moda que de repente estourou no século XX, tão inesperado e absurdo como os bigodes de Salvador Dalí, desanda e vira uma crônica, ou, pior ainda, um conto com graves possibilidades psicopatológicas. Porque Cecilia dorme e eu desejo.

No sofá, as pálpebras caídas sobre os olhos, ela dorme como que presa em um quadro de Balthus: os braços moles, soltos sobre a cabeça, a perna direita jogada para fora, tocando com o pé o chão. Ela usa uma camisa minha, que lhe serve de vestido; Balthus não usou listras azuis e brancas para vestir suas modelos nas telas, mas eu não tenho camisas vermelhas. Os cabelos, que não chegam até os ombros, castanhos, a pele clara, o rosto corado, sempre fechado, os lábios tendendo para um beiço de descontentamento — estranhamente, Cecilia é a cópia perfeita da pequena Thérèse Blanchard.

Indo por esse caminho, percebo que o artigo não está completamente perdido. Balthasar Klossowski de Rola, Balthus, ou ainda O Rei dos Gatos, foi, como Magritte e Dalí, outro dos pintores que se utilizaram de uma técnica neoclássica, em pleno século XX, para causar escândalo. Se, ao contrário de Jackson Pollock, por exemplo, Balthus não se debruçou sobre o expressionismo abstrato, o moderno de sua obra mora dentro do figurativo: o tema de seus quadros.

Eu me contenho então para não me levantar desta cadeira, agora, vencer os dois passos que me separam de Cecilia e abrir os botões de minha camisa, nela, para fazer aparecer um de seus seios, pequeno e firme. Ou então trazer à vista sua calcinha, pressentida apenas, afastando um pouco sua perna direita, caída do sofá, subindo as listras azuis e brancas que a cobrem. A tentação de transformar Cecilia, minha sala e o sofá em um quadro de Balthus me ameaça: um bicho estranho de repente entrou em mim.

Com a desculpa de imitar os quadros do pintor parisiense, eu posso ainda ir além. Recrio de forma precária, por exemplo, a composição de *A vítima*, levando Cecilia até meu quarto, deitando-a na cama, completamente nua. Seu púbis, é provável, ao contrário das musas de Balthus, deve estar coberto de uma penugem fina e escura. Talvez tenha sido por isso que ele não tirou a calcinha de Thérèse Blanchard diante de seu pincel, de nossos olhos. De qualquer forma, com um gato, com minha camisa aberta até a metade no corpo dela, com uma das poltronas da sala, eu reenceno diante da janela *A semana das quatro quintas-feiras*. Ou, com um simples pente, uma cadeira, ponho Cecilia no melhor quadro de Balthus: *Alice no espelho*.

Mas ela acorda. Sorri para mim, desde o sofá, como se soubesse de tudo o que eu venho pensando. Estica as pernas, se espreguiça. Mais uma vez, eu não consigo lhe devolver o sorriso; meus lábios estão duros e não se torcem mostrando os dentes. Ela estende o braço em minha direção e me chama.

Eu desisto de resolver o problema de sua definição, dos substantivos negativos, Cecilia, sua conceituação impossível; desisto do artigo sobre o modernismo clássico. Sem filosofia alguma, nu, eu me levanto. E, ao deixar a cadeira, mergulho no oceano humano das dúvidas e do medo: neste instante, eu sou e vivo a completa incerteza.

As férias de Cecilia terminam amanhã; hoje é o último domingo de julho. Suas malas já estão prontas. O que mais me atemorizou nesses dias foi saber que não precisaria pedir. Dei a ela dois de meus livros, como lembrança, com dedicatórias insossas. Tão ridículo quanto uma pincelada acadêmica no início do século XX, eu me dou conta de que em nossa relação meu papel é nulo, completamente passivo: a culpa de tudo o que acontecer, se acontecer, será inteiramente dela.

Quando eu chego a seu lado, aos pés do sofá que lhe serve de cama, Cecilia fica séria e me pede um copo com água. Eu suspiro. O sorriso atrasado desentala de meus lábios e cai sobre os pequenos seios dela, ainda e para sempre cobertos pela minha camisa. Obedeço. Cecilia não é uma mulher. Volto da cozinha com um copo e a garrafa de água; eu os deixo sobre a mesa da sala. Cecilia não é uma criança.

Ela foi para o quarto.

Eu me arrependo de nunca ter comprado um gato e vou atrás dela. Sinto, de repente, que sou tão puro quanto um garoto pode ser. Torço a maçaneta, abro a porta sem bater, depois a fecho. Percebo que não é mais preciso escrever.

LEITES

Pois então, ela estava ali, sim, a mulher, e o peito dela, de fora, estava ali, estavam, os dois, a mulher e o peito, esperando o ônibus — e a criança atarraxada a ela, ao seio, sugando, ou apenas mordiscando, brincando com o bico duro do mamilo, porque não era possível uma criança mamar tanto, beber aquilo tudo de leite, por mais que o garoto já fosse grande, e esse era justamente o problema, a criança, com o peito da mulher enfiado dentro da boca, a criança era grande demais para aquilo. Eu odeio leite, você já sabe: sempre peço o café puro. O ônibus demorava a chegar, o dia inteiro de trabalho pesava nas minhas costas, ou melhor, uma metáfora mais precisa: o dia inteiro de trabalho pressionava minhas têmporas, fazia latejar minha testa como se o cérebro quisesse desistir de meu crânio, arrebentar minha cabeça e ir embora, pular para o chão e seguir pela calçada até deus sabe onde. É claro que o problema não era apenas a criança ser grande demais para estar com um peito ofertado gratuitamente na boca, brincando ou se alimentando: o problema era também, ou apenas este: o peito em si — aquele peito, a mulher dona do seio que estava para fora, ela esperando o mesmo ônibus que eu, e tão impaciente quanto eu, suas pernas com os músculos marcados por causa do sapato de salto alto, o rosto limpo, com cores suaves, o cabelo preto amarrado com uma desenvoltura premeditada, o peito redondo, perfeito, displicentemente tirado para fora da blusa, ali, na praça, em meio a todo mundo, o decote esgarçado prometendo a aparição de seu par gêmeo. A isso se juntava o garoto, grande demais, para dar à cena aquele toque sacana, pervertido, francamente sexual. Porque se a mulher estivesse ali, sim, justamente ali, com o peito de fora e um bebê a sugar a sobrevivência dele a partir daquele bico, do leite espesso e de gosto inominável, que é o gosto do leite humano — e não me pergunte, por favor, não queira que eu conte como sei disso —, pois bem, se fosse um bebê de, digamos, um ano de idade que estivesse agarrado ao peito da mulher, eu não teria ficado excitado. É evidente, e você já sabia: meu pau ficou duro; eu olhei para o lado, tentei ler o livro do Ricardo Piglia que eu tinha começado naquela manhã, um livro pretensioso, mas excelente, culto e trabalhado, obra de intelectual, um texto pensado em cada detalhe, sem arroubos e sem falsas genialidades; eu tentei ler o livro, olhar para o céu para prever se iria chover mais à noite, mas não deu, é claro que não: aquele peito me chamava, a sacanagem do garoto grande demais agarrado àquele peito me forçava a olhar, e a querer também; em suma, é claro: fiquei de pau duro. E foi então que alguma preocupação de simetria, talvez, ou de sensibilidade, ou para fazer a excitação mais plena, foi então que, por alguns desses motivos, ou sem motivo algum, a mulher pôs o outro peito para fora, generosa, e eu pude ver: o peito de pele clara, inchado, com um mamilo de um rosa escuro, o bico duro apontando para o outro lado da rua, grande mas firme, arredondado, como uma gota pontuda; ela ficou com os dois peitos de fora, na praça, no meio de todo mundo, do meu lado, e pediu gentilmente ao garoto que se aferrasse agora ao seio esquerdo. O menino largou o peito que tinha nas mãos até aquele momento e segurou o outro, recém-ofertado, fresco, pôs a mão embaixo dele, como um homem, sustentando e, mais do que isso, forçando um formato mais anatômico ao peito que ele colocou na boca em seguida, com alguma delícia mal disfarçada, talvez apenas amenizada pelo hábito, pela recorrência daquele toque, daquela chupada, daquela forma infantil de satisfação adulta. Puta merda. A mulher tardava em embutir o peito largado pelo garoto, em devolvê-lo para debaixo da blusa; deixou ele ali, o peito, pendente, excitado pela boca da criança, avermelhado, mordido, ofertado para mim, ou para qualquer homem que quisesse se alimentar dele, uma dádiva urbana e inesperada em meio aos atrasos corriqueiros do transporte público; só depois o guardou, por fim, ela, a mulher, pôs o outro seio para dentro da blusa. Eu suspirei e me lembrei de Cecilia afirmando que nunca tinha visto, ou ouvido falar, de mulheres que se dispuseram a amamentar até tão tarde assim uma menina; Não, ela dizia, essas mulheres que amamentam até a criança ter quatro, cinco anos só fazem isso com os filhos homens. Aquele casal ali, a mãe e o filho, confirmavam a observação dela, como também, já no começo do século XX, Freud tinha previsto que essa aberração iria acontecer no meio desta praça, ao que eu tenho que balançar a cabeça, afirmativamente, por mais que não goste do cara, esse tal Sigmund, mas ele teve ideias estupendas, e corajosas, isso é verdade; ele percebeu há mais de cem anos muita coisa que as pessoas hoje ainda não querem ver, ou pensar sobre. O problema de Freud foi, e isso bastou para estragar tudo o que ele pensou, não ter ficado apenas na enunciação dos fenômenos, mas ter se deixado levar pelo positivismo de Comte e ter querido achar o motivo, a explicação universal dos fenômenos que ele descrevia com tanta lucidez, e para tanto ter inventado as teorias mais absurdas, com os artifícios mais ridículos, só para poder aquietar a pergunta de Adão e Eva: Mas por quê? Para encurtar a história: o ônibus finalmente chegou e, para conseguir embarcar, a mulher pediu, de novo com muita delicadeza, como se falasse com uma menina, que o garoto se desmontasse, ou seja: que largasse o peito dela, parasse de passar a língua pelo bico, deixasse de sugar, chupar o mamilo, se aquietasse um pouco, pois, ela lhe disse, Assim que entrarmos no ônibus, e sentarmos, eu dou de novo para você mamar. Mais uma vez eu digo: puta merda. Porque o garoto começou a chorar e a ameaçar a mulher, no meio daquele choro fingido, jurando que bateria nela se não desse de novo o peito para ele assim que entrassem, e nesse impasse, nessa negociação que me lembrou outra negociação bastante travada ali no centro da cidade, nas ruas adjacentes à praça onde estávamos, a negociação entre as prostitutas e os estivadores, que às vezes termina muito mal; nesse impasse, como eu dizia, nessa negociação entre a mulher e o pequeno macho, eis que eu vislumbro a aberração, ou a consequência lógica, ou a prova de que, ao fim, por mais que você diga que eu sou pervertido e nojento, eu sou, na verdade, tão puro quanto uma criança de quatro anos de idade. Sim, isso mesmo, ele também, a criança também estava, você sabe, já entendeu, e eu nem sei se isso é possível, ou como isso pode acontecer naquela idade, porque eu não estudei fisiologia, ou anatomia, ou medicina, ou qualquer outro ramo dessas ciências humanas e médicas; eu sou só um contador, você se lembra muito bem, sei corrigir um balancete malfeito, e achar faltas que passaram despercebidas, melhor do que ninguém, e se li Freud e Nietzsche e Proust foi apenas para poder ficar, minimamente, à altura de Cecilia, com todo aquele seu aparato cultural embutido dentro da cabeça, para poder conversar com ela de vez em quando sem parecer tão estúpido. É isso, a criança tinha ficado ali daquele jeito, o pequeno pervertido, é isso o que eu tinha para lhe contar; achei que você ia gostar de ouvir a história, por mais que eu tenha que dizer, pela terceira vez, depois de suspirar de novo, sim, eu, inconformado com essa merda toda, vou dizer mais uma vez, só para provar quanto sou puro, vou dizer para você, e está terminado o relato: sim, senhor: puta merda. E acontece isso comigo, justamente comigo, que odeio leite. Vamos esquecer esse ônibus que não chega nunca e ir tomar um café; mas preto, sim, certamente: puro.

OMOPLATAS

Até ela explicar, ele não sabia o que eram omoplatas. Ao menos não com a mesma certeza com que sabia o que era um antebraço, um joelho, um tornozelo ou uma coxa. Ela disse Mais para cima: entre as omoplatas, enquanto ele coçava suas costas, tentando encontrar o ponto exato que ela indicava mas não conseguia alcançar.

Entre as omoplatas, ela disse. Ele achou engraçado. Era como se ela tivesse dito, meia hora antes, Fode minha vagina, em vez de Fode minha boceta; vagina, como omoplatas, não é uma palavra que se use se não houver um médico a seu lado, ou examinando você. Ele achou engraçado.

E ela explicou, depois que a coceira passou, o que eram as omoplatas. Deitou de costas, dobrou um braço para trás, apontou com o dedo, perguntou Está vendo. Ele viu.

Ele viu as omoplatas dela, o suor que secava aos poucos como se fosse maresia sumindo ao sol. As omoplatas, ele pensou, eram dois montes rochosos, angulosos e gêmeos, entre os quais corria um rio seco, inexistente.

Com as costas da mão, suavemente, ele percorreu os montes, as omoplatas, como se fosse um pássaro e planasse com um rumor de penas, rente ao chão. Ela fechou os olhos, sentiu o corpo se arrepiando, pendeu a cabeça esperando que a mão dele chegasse à nuca.

Não chegou. Ele tirou a mão das costas dela como se tivesse sentido uma descarga elétrica. Ela torceu o corpo para olhar o rosto dele, descobriu os seios que ele não percebeu, fez perguntas com os olhos que ele não entendeu, sorriu um sorriso que não, ele não reconheceu.

Mudo.

Ele deixou a cama, mudo, e se perdeu no banheiro, debaixo do som do chuveiro elétrico.

Não, claro que não, foi o que ela disse quando ele pediu. Não, repetiu indignada, apesar de ele não ter insistido.

Fomos rápido demais, eu já estou vendo, ela começou a explicar, procurar uma desculpa para ele. Você deve achar que eu sou daquele tipo de mulher. Sim. Foi minha culpa, eu devia ter feito você esperar mais.

Ela continuou falando, teorizando. Não adiantou ele perguntar Que tipo de mulher, perguntar Esperar mais por quê, dizer Você está entendendo tudo errado; não adiantou.

Ele perguntou, ele disse, mas não adiantou, ela continuou falando, procurando desculpas para as culpas que tinha achado nele. Nunca peça uma coisa dessas de novo para uma mulher, ela finalizou.

Enquanto isso a arma dele murchou como uma flor sem água, ao sol, não ameaçava mais ninguém. Ela gesticulava, ignorante do ridículo de seu corpo nu, abandonado do desejo e encharcado da indignação.

Vira, foi o que ele tinha dito, saindo de cima dela, de dentro dela; Vira, fica de costas, deixa eu gozar entre suas omoplatas. E ela disse Claro que não, disse Não.

Meu deus, ela falou quando passou a fase das desculpas, perguntou Por que você não quis gozar sobre meus seios. Ela quis saber Você não preferia gozar no meu rosto, na minha boca. Ele explicou que não seria a mesma coisa.

Ele explicou, ela não entendeu, insistiu Até se você quisesse gozar nos meus pés eu deixava, ia achar menos estranho. Mas nas omoplatas, entre as omoplatas, não, de jeito nenhum, ela disse. É doentio demais. Nunca peça uma coisa dessas de novo para uma mulher.

Ele se cobriu com o lençol para tentar explicar melhor. Ela quis saber, quis que ele contasse. Quem é essa mulher que lhe ensinou o que são omoplatas, ela perguntou por fim e ele se arrependeu.

Se não tivesse dito Vira, fica de costas. Se não tivesse pedido, saindo de cima dela, de dentro dela, Deixa eu gozar entre suas omoplatas. Se não tivesse contado da mulher que lhe ensinara a anatomia das costas, fazia mais de trinta anos, por causa de uma coceira que os dedos dela não conseguiam alcançar.

Nunca, até então, mulher alguma tinha dito Não. Muitas tinham achado estranho, como ele esperava que fosse, mas nenhuma disse Claro que não; nenhuma tinha ficado ofendida.

E desde aquele dia, faz trinta anos, ele disse, fiquei obcecado pelas costas das mulheres. Mais exatamente pelas omoplatas. É uma questão que vai além da estética, você já percebeu.

Mas ela continuou negando, disse Não. É uma perversão nojenta.

Me deixa chupar seu pau. Sai de baixo desse lençol. Vem cá.

(E continuou negando, dizendo Não.)

Pode gozar quando você quiser. Eu vou engolir tudo, não vai sobrar nenhuma gota.

(Ela foi apenas um perfeito Não.)

Ou eu devolvo para você. Eu chupo até você gozar, depois devolvo tudo de volta dentro de sua boca. Tira esse lençol de cima de você e vem cá.

(E continuou negando, dizendo Não. Só não pensa que você vai gozar nas minhas costas. Entre as omoplatas. Isso nunca, definitivamente não.)

Ele suspirou. Eu suponho que, naquela altura da vida, tenha pensado É melhor uma chupada do que nada. Assentiu desconsolado. E se arrependeu de tudo mais uma vez.

MENTIRAS

Drogas, eu disse. Ando precisando de drogas ultimamente.

Ele riu, perguntou Você acha que o cara aí dentro vai lhe arrumar alguma.

Não, eu respondi, claro que não. Quero que ele me cure.

Besteira. Todos precisam de drogas enquanto esperam o Milagre. Ou se o Milagre não acontecer.

O Milagre, eu repeti.

É, ele disse, emendou Precisamos de drogas para não desistirmos: para continuarmos esperando o Milagre. E também de drogas para nos consolar de o Milagre nunca acontecer.

Efedrina e álcool, cocaína e maconha, eu disse.

Justo, ele respondeu. O cara aí dentro não vai curar você: ele tem um diploma, não um dom; nada vai lhe curar.

Obrigada por me dizer.

Ele fez os ombros saltarem, disse Por nada.

E você, eu perguntei, por que está aqui.

Sexo. Ele olhou para os próprios sapatos. Sexo, repetiu, e explicou Não consigo parar de pensar em sexo.

Riu, sem graça ou malicioso, eu não sei. Seus olhos vasculharam o V do decote na blusa que eu vestia, mediram o ângulo reto em minhas pernas. Sexo, eu perguntei, você é viciado em sexo.

Desde que era criança, ele disse.

Foi minha vez de rir. Ele não achou graça, explicou Eu brincava de sexo quando ainda não tinha idade para fazer.

Ah, eu disse. Brincava. E quando é que começou a conseguir fazer sexo, eu perguntei.

Aos nove, ele falou; Precoce, eu disse; É, ele concordou.

E desde então, eu falei, ele completou Não consigo parar de querer sexo, fazer sexo, pensar em sexo. Sexo, ele repetiu, Sexo.

Pensou em transar com ela, eu provoquei, apontando com o queixo a secretária do consultório, no outro lado da sala, indo e vindo com envelopes pardos nas mãos.

Sim, ele disse, tive vontade de fazer sexo com ela assim que marquei a consulta, pelo telefone.

Mas, quando chegou aqui, viu o rosto dela, o corpo, perdeu toda a vontade, eu aposto.

Ele respondeu Não, abanou a cabeça como se a negativa não bastasse para me convencer. Mulheres feias também me deixam com tesão.

Então pensou em transar comigo também, eu perguntei, esperando que ele protestasse, dissesse que não, eu não era feia.

Mas ele apenas disse Claro que sim. Estou de pau duro desde que você passou por aquela porta.

Eu falei Meu deus, sorri com algum contentamento constrangido; Seu caso parece mesmo crônico.

Muito, ele concordou.

E o que espera que um psiquiatra faça, no seu caso; Vai pedir para ele castrar você, eu sugeri. Não, ele respondeu, eu vim só para conseguir alguns dias em casa, um atestado médico; odeio meu trabalho.

Duvido que você consiga, eu disse, peguei uma revista na mesa que separava nós dois; comecei a passar as folhas, sem prestar atenção no que ia escrito.

Por quê, ele quis saber, perguntou, e eu respondi Porque ficar em casa, trancado, não vai ser terapêutico.

É claro que vai, ele retrucou; Como vou fazer sexo sozinho dentro de casa.

Com as mãos, eu disse, devolvi a revista à mesa e peguei outra. Vai se masturbar compulsivamente, como algum filósofo que eu esqueci o nome.

Nietzsche, ele disse; já me contaram essa história. Eu nunca li um livro dele. Odeio filosofia; os livros são sempre inúteis.

Isso não importa, eu falei. De qualquer forma: você não vai curar sua mania em sexo ficando uma semana trancado, sozinho, dentro de casa.

Em resumo, o cara sentado aí dentro, ele disse, o tal Herr Doktor Freud, não serve para merda alguma. Não vai lhe receitar drogas, não vai curar você de ficar cheirando pó enquanto espera o Milagre; e também não vai me consertar de querer trepar o tempo todo, com todo mundo. Inútil.

É verdade. Nós dois não devíamos estar aqui, eu arrisquei, convidando.

Ele falou Concordo; E tem mais.

Sim, eu perguntei, pedindo.

Desculpa, ele disse. A secretária chamou um nome, solenemente, ele se levantou e foi até ela. Entrou na sala de consultas.

Eu devolvi a revista que, como a outra, não tinha lido. Pensei comigo Filho da puta.

O médico perguntou E então, depois juntou O que trouxe você aqui.

Não se pode esperar nada dos homens, eu já devia saber.

Mitomania, ele respondeu, perguntou Não é assim que se chama. Síndrome de Münchausen, mitomania, qual outro nome isso tem.

ARGUIÇÕES

Por quê, ela perguntou, Por que se casou comigo. Eu queria entender, ela disse, segurou a taça de vinho na mão direita, o cotovelo apoiado sobre a mesa, como se estivesse em um filme; Por que afinal você se casou comigo.

Ia começar de novo. Eu não devia ter comprado o vinho. Nós dois íamos começar de novo, sem respeitar o Crucificado, parido naquele dia, segundo contam, havia mais de dois mil anos, sem respeitar os vizinhos e sua polidez em fingir que não nos ouviam.

Continuei comendo o arroz com amêndoas e uvas-passas. Gosto do espanto do doce misturado ao salgado, como que por equívoco ou descuido. Peguei mais um pedaço do porco. Isso aqui ficou muito bem temperado, eu disse, ela me fez notar Eu tinha lhe feito uma pergunta.

Não, não tinha feito. A pergunta, Por que se casou comigo, era minha, eu a tinha dito, questionado, duas semanas antes. Porque eu amava você, foi o que ela respondeu. Eu ri debochado. Que merda é essa, o amor, eu perguntei então, como se desafiasse, como se dissesse Essa resposta não vale, e pedisse outra, alguma outra razão.

Mas não adiantou largar o garfo e a faca atravessados pelo prato, bruscamente, não adiantou fazer que ela percebesse que a pergunta era minha: ela a repetiu, disse Então, hoje sou eu quem quer saber o motivo. Minha família não era rica, eu não estava grávida, você não tinha dificuldade em convencer qualquer mulher a abrir as pernas. Por que então; por que se casou comigo.

É por causa do Problema, eu disse, perguntei, como se respondesse; É só por causa do meu Problema que você está fazendo isso. Dizia Problema assim mesmo, com letra maiúscula, e ela entendia. Não se tratava de um problema qualquer, mas do Problema, que não menciono aqui em detalhes, não explicito por ser desnecessário; ela entendia, sabia do que eu estava falando quando dizia Problema.

E ela disse Não, é claro que não: minha pergunta não tem qualquer relação com o Problema.

Mas eu sabia que estava mentindo. Quando perguntava Por que se casou comigo, ela queria me dizer: que não dava mais, não tinha mais sentido continuarmos juntos. Porém, da mesma forma que eu, duas semanas antes, tinha usado a mesma artimanha e ela tinha negado, lançando o amor na minha cara, eu também me recusava a aceitar o que ela me propunha, que era o que eu já tinha proposto: nos divorciarmos.

Eu amava você, eu disse, repetindo a resposta dela; Ainda amo. Ela riu. Pôs mais vinho em sua taça; eu já tinha parado de servi-la. Era realmente por causa do Problema. Mas ela não tinha coragem de dizer; como eu, ela queria que partisse do outro o Basta, o Fim, o Chega. Não seria eu quem diria, no entanto. Peguei os talheres e continuei a comer. Ela se levantou da mesa.

A civilidade sempre acabava quando ela se levantava da mesa. Levantou-se. Bebeu o vinho de um gole, disse Mentiroso-filho-da-puta. Calmamente, eu peguei a faca que cortava o porco, longa e afiada, e enterrei em seu peito, rasgando o mínimo possível o vestido de festa. Eu não sei.

Quer que eu foda você, é isso o que você quer, eu perguntei, afirmei, disse, deixando também a mesa; É disso que você precisa. Não, ela respondeu e uma justiça triste pingava das palavras, de sua voz, como chuva; Quero apenas que me diga por que se casou comigo.

Por um momento eu achei que ela ria, que os cantos da boca dela riam, ou se preparavam para o riso, para a gargalhada. Por isso eu a peguei pelos braços e a sacudi, como se faz com uma criança. É claro que ela não ria e não riu.

Talvez estivesse mesmo bêbada. E nada daquilo tivesse relação alguma com o Problema. Talvez ela não quisesse se divorciar, mas apenas entender. Ou podia ser que quisesse ouvir o carinho, que eu já tinha dito, Ainda amo você, mas com alguma verdade que me faltou embalando a frase.

Se ela tivesse me mostrado, feito eu saber os motivos, em vez de simplesmente ter deixado seu corpo ser sacudido, eu não teria batido em seu rosto. Apertar seus braços, sentir que podia machucá-la, que convulsionava seu corpo, me encheu de um prazer estranho ao qual eu não soube renunciar. Bati em seu rosto. Bati em ambos os lados, plantando vermelhos vivos e o choro.

Não devia ter rido de mim, eu disse, me desculpei. Ela sentou. Não tinha rido. Se eu soubesse que ia ser daquele jeito, que toda noite ia ser daquele jeito, ela falou, eu não tinha me casado, mesmo amando você. A taça de vinho na mão, vazia, ficou de novo no ar, o cotovelo apoiado na mesa; estava atuando novamente, nossas vidas voltavam a ser um filme ruim. Juro para você, ela disse desenvolta, eu não tinha me casado.

Vagabunda, eu lancei ofendido, humilhado. É claro que ela não estava dizendo a verdade, e eu sabia; mas por isso doía mais, ultrajava: porque ela dizia as palavras apenas para me ferir. Feriu.

Puta.

E talvez ela tivesse, pela primeira vez, dito o que sentia, a verdade.

Eu quis foder com ela, à força. Naquele momento, eu quis violentá-la, acertar de novo seu rosto, fazer brotar rosas de sangue pelos lábios, petúnias roxas pelo corpo, rasgar suas roupas, jogá-la no chão e deitar em cima dela. Se não a estuprei, forcei, foi por medo de não conseguir e aumentar o ridículo que ela arremessava sobre mim, ciente de todo o peso que tinha. Controlei-me. Voltei a sentar à mesa.

Se nós não temos filhos, ela disse. Se eu não pago suas contas. Se tem tanta mulher pelo mundo, tantas que acham você interessante, bem-sucedido, inteligente. Por que está casado comigo, ela perguntou; Eu queria entender, por que afinal está casado comigo ainda.

Fiquei com o garfo mexendo no arroz que restava pelo prato, sem o comer. Não sei, eu disse, talvez tenha respondido. Continuo casado pelo mesmo motivo que me levou a casar com você um dia. Peguei a faca e cortei outro pedaço de carne.

E qual é esse motivo, ela perguntou iluminada, esquecida de ter apanhado de mim e de me ter ofendido. Os presentes estavam ainda debaixo da árvore, escolhidos cuidadosamente, esperando a meia-noite. Me diz, por favor, ela pediu.

Mas não, eu não disse; em vez de responder, engasguei com um pedaço do porco. E mais uma vez ela soube entender.

LÉXICO

Porta. Um buraco na parede, retangular, por onde se passa; mas, principalmente, por onde, se estiver fechada, não se pode ver nem passar. Ele nunca fechava a porta. Chegava do trabalho, dava um beijo seco, automático, nos lábios da mulher, atravessava a sala, ia ao banheiro, depois até o quarto, deitava na cama e começava; a porta ele sempre deixava aberta. Nós não entendíamos a razão daquela falta de cuidado; nosso medo, no entanto, de que ela se levantasse do sofá da sala e fosse até o quarto, o visse, ali, deitado na cama, fazendo — talvez nosso medo fosse a explicação. A possibilidade de ser visto pela mulher podia ser um dos ingredientes de sua excitação: o risco de que ela se levantasse do sofá e ele não tivesse tempo de remediar coisa alguma, ser pego indefeso, ridículo. Talvez fosse isso, mas naquela época nós não sabíamos, não suspeitávamos que as coisas pudessem ser tão complicadas na cabeça dos adultos; todo dia olhávamos o homem na cama e, sempre, junto com toda a avalanche de outras sensações, nos acompanhava o medo de que ele fosse flagrado pela mulher. Nunca foi.

TELEVISÃO. Inventado na segunda década do século XX, o aparelho televisor é uma tela onde imagens coloridas mesmerizam qualquer um que, consciente ou não, se posta a sua frente; após cinco minutos sob o poder das emissões televisivas, é difícil que a pessoa resista e não se deixe ficar olhando para a tela colorida por horas e horas seguidas. Como acontece com muitas substâncias químicas, após uso prolongado, o corpo humano passa a desenvolver tolerância à televisão: o que significa que é preciso cada vez mais tempo, doses maiores do aparelho para conseguir a mesma satisfação de antes. Também como ocorre com outras substâncias entorpecentes, os dependentes da televisão costumam inventar desculpas e justificativas para as horas que passam diante da tela colorida e coruscante. Era esse o estado em que a mulher se encontrava nos últimos tempos. Sentada na sala, almoçava na frente da televisão e, depois disso, seu dia sucumbia diante do aparelho: não conseguia mais se libertar.

GRAVATA. Pedaço de tecido colorido, algumas vezes de seda, que os homens penduram no pescoço, preso com nós de complexidade variável, com o intuito de parecerem respeitáveis. No caso dele, a gravata significava um pequeno luto cotidiano: pela vida, por tudo o que tinha dado errado, que não tinha sido como ele planejara. As noites regadas a vinho, no entanto, e que depois terminavam no quarto, com as cortinas fechadas, causavam, na manhã seguinte, o desaparecimento da gravata de seu pescoço; isso nós não demoramos a perceber. Sim, sempre que ele e a mulher deitavam na cama com a luz acesa, ele saía de casa para trabalhar, no dia seguinte, com um sorriso no rosto e o colarinho da camisa aberto, sem uma gravata colorida a estrangulá-lo. Mas nos últimos tempos isso era cada vez mais raro.

COLHEITA. Era assim que chamávamos, esse era o nome que demos para aquilo que ele fazia. Porque, para nós, era como se ele estivesse colhendo, deitado na cama, nu, cada vez mais furioso e com mais pressa. Colhia flores, na verdade apenas uma flor, vermelha e despetalada; ou então legumes, nós comparávamos, ele colhia um pepino ou uma cenoura ou um nabo. Depois, quando acabava a colheita, ele se largava na cama, sujo, cansado do trabalho braçal, e nós ríamos.

JANELA. É uma porta por onde não se deve entrar nem sair. Assim como deixava a porta do quarto aberta, a mulher na sala assistindo televisão, ele deixava também a janela escancarada. Mas, ao contrário do que acontecia com sua teimosia em não fechar a porta, que nos deixava sempre em apreensão, a janela aberta era, para nós, algo natural: era nossos olhos, a tela por onde assistíamos à vida dele, dela, dos dois, por onde nos tinha sido apresentada a colheita, tão excitante e tão estranha. E, aparentemente, era natural para o homem também aquela janela sempre aberta; não a olhava fixamente, como fazia com a porta, dando a impressão de que temia, ou esperava, alguém surgindo ou espiando por aquele retângulo vazio incrustado na parede. Por isso ele, até aquela tarde, nunca tinha nos visto, ou sequer suspeitado de nossa espionagem pelo prédio vizinho.

TRABALHO. Lapso de tempo em que ele sumia, desde a manhã até o fim da tarde, e que falhava duas vezes por semana, aos Sábados e Domingos. Enquanto ele trabalhava, nós ainda olhávamos pela janela sua vida, mas então sem ele. Víamos a mulher andar da sala para o quarto, sumir depois da porta da cozinha ou do banheiro (os dois cômodos que não conseguíamos espiar), reaparecer com uma vassoura na mão, ou com um regador verde, fazer exercícios físicos no chão, seguindo as instruções da televisão. E ela era bonita. Olhávamos seu corpo, depois do banho, ser embalsamado com creme hidratante, através da semitransparência da cortina do quarto, que ela sempre fechava; olhávamos seus cabelos longos serem escovados, todos os dias, e os fios que se desprendiam da cabeça serem jogados fora discretamente pela janela da sala; olhávamos ela calçar saltos altos e sair, depois do almoço, com uma saia curta e os lábios coloridos de vermelho, nas raras tardes em que não ficava vendo televisão.

SORRISO. Gesto que se faz com a boca, às vezes sem querer, deixando os dentes à mostra. Foi isso o que ele fez, quando nos viu — ele parou a colheita e sorriu.

ESPIRRO. É uma reação semelhante à gargalhada, quando se ri involuntariamente após ouvir uma piada ou ver uma cena engraçada; mas, no espirro, a causa pode ser muito mais variada do que no caso da gargalhada, por mais que alguns digam que tudo pode virar piada. Um resfriado, uma gripe, um perfume, uma corrente de ar, um pouco de poeira, de pólen, de pimenta, de talco, um casaco de lã, e, antigamente, uma pitada de rapé; tudo isso pode causar um espirro. Nós não sabemos, no entanto, o que provocou o espirro que fez o homem parar a colheita, olhar para nós através da janela e sorrir. Mas, como já está dito, um espirro é tão involuntário quanto uma gargalhada, de modo que é inútil procurar um culpado. Nós espirramos, sim, ao mesmo tempo, nós, em perfeita sincronia, e o homem parou sua labuta desesperada, repetitiva, para nos olhar da cama, sorrir, e em seguida continuar sua colheita. Com mais afinco, com mais vontade, com mais presteza, com mais sofreguidão, desespero, urgência, eficácia: ele colheu a si mesmo até vazar, sob nossos olhos, ou por causa de nossos olhos, e então morreu. Não ficamos na janela, como das outras vezes, para vê-lo ressuscitar.

LÉXICO. Desde aquela época nós temos o costume de fazer pequenos léxicos, dicionários definindo e coletando palavras.

Enquanto muita gente escreve diários, e sempre os recomeça, nós anotamos palavras e seus significados, para depois esquecer, pegar outro caderno e começar de novo.

LEVEZA. Na manhã seguinte ao espirro, vimos o homem, que saía para sua ausência diária. Não levava uma gravata atada ao pescoço. E, no rosto, tinha aquele gesto que faz mostrar os dentes.

MELISSAS

Quando ela disse para nos encontrarmos em um hotel barato perto de Nova York, eu não imaginava: ela tinha uma tatuagem. Tirou a própria roupa, porque de esperar aqueles meses todos o querer já tinha passado da borda, transbordado, se desmedido — ela tirou a própria roupa e eu não vi, não reparei. Foi só depois, ela já tinha se despido (o tênis, a calça jeans e a camisa de botão verde-oliva, militar), eu também tinha ficado nu, ela tinha me beijado apesar da barba, sempre por fazer, e eu tinha chupado os seios dela, ela tinha deitado na cama, dito, direta como num filme pornográfico, Me come; foi só depois que eu obedeci, comi, ela suspirou, eu gozei, deitei ao seu lado e ela se levantou: foi só então que eu vi.

O que me surpreendeu, no entanto, não foi a tatuagem, ou o fato de que ela, justamente ela, tivesse uma tatuagem gravada no corpo. Nem tampouco fiquei surpreso por a tatuagem ser um nome feminino, delicado, Melissa, decalcado na pele clara com letras vermelhas que imitavam o sangue ainda vivo, recém-saído de uma artéria. A vida é cheia das pequenas faíscas do improvável, eu já tinha aprendido isso quando minha mãe morreu, quando o gato caiu da janela e não quebrou um osso, quando Cecilia não olhou nos meus olhos e disse Para mim já chega. E mesmo estar ali, o encontro no hotel barato perto de Nova York, era mais um fiapo elétrico do acaso: um ano antes, se uma cigana lesse essa viagem em minhas mãos, eu teria rido e me recusado a pagar pela quiromancia absurda.

De modo que não me surpreendeu tanto a tatuagem, mas descobrir que ela não tinha uma filha chamada Melissa, como eu supusera do topo de minha lógica analítica. E também que o nome tatuado não era o de sua mãe, ou o de uma irmã, nem o da prima distante morta em um acidente de carro. Não. Quando eu perguntei Então de quem é esse nome, quem é essa Melissa, tudo o que ela fez foi sorrir. E depois disse Me dá um cigarro. Acho que vou voltar a fumar.

Ela não acreditou quando eu contei Tatuei seu nome. Acreditou menos ainda quando eu completei Em vermelho, na bunda. E, como ela não se mostrou empolgada com a homenagem, eu, orgulhosa desde criança, tive que mentir, disse Estava na dúvida se escrevia Nietzsche, se punha os quatro primeiros compassos da *Quinta Sinfonia* ou se fazia a cabeça de um lobo. Ela então riu irônica, disse Claro: nem Nietzsche, nem Beethoven, nem Hesse: tatuou meu nome.

Na bunda, eu lembrei a ela, e em vermelho. Não foi preciso ela pedir para que eu mostrasse, provasse que realmente tinha feito a tatuagem. Ela olhou, tocou, sorriu. Eu nunca vou saber se gostou mesmo, se o sorriso era raiva de mim, ou medo, nem por que ela disse Podia ter tatuado o nome daquela sua prima, a que morreu no acidente.

Eu subi as calças como se já tivesse tomado a injeção, e tivesse doído mais do que o normal. Tentei não fazer cara de choro e, da porta, disse Vai à merda. Ela não veio atrás de mim; eu sabia que não viria: ela nunca pedia desculpas, nunca estendia a mão. Eu nunca mais a vi, nem por acaso, na rua, não ouvi mais sua voz, não reli o único poema que ela teve coragem de me mostrar, e que não era sobre mim. Mas nem por isso me arrependi de ter gravado seu nome, tatuado em vermelho, na minha bunda.

Ela sabia, às vezes, entender as coisas com a literalidade de um esquizofrênico: eu disse Vai à merda, e ela foi, desceu, atolou e, pelo que eu sei, nunca mais saiu de lá.

Os olhos saltaram do rosto. Por causa da inércia, eles disseram.

Um dia antes eu tinha pedido para as duas, dito Vamos sair daqui.

O telefone tocou e, por mais que pareça mentira, eu já sabia. Mas elas nunca me ouviam.

É claro que eu fiquei sem saber o que dizer quando Sissi pediu Deixa eu ver vocês dois transando. Foi Nana quem disse Sim, eu apenas disse, mais uma vez, Vamos sair daqui.

Porque eu sabia que era aquele lugar, estarmos os três ali, isolados: foi isso o que causou todas as anomalias daqueles poucos dias. Anomalias, imoralidades, parafilias ou pecados.

A caixa torácica não serviu de nada e não impediu que os órgãos se rompessem e depois falissem.

Eu tirei a roupa de Nana pela metade, como sempre fizera, ela afastou as pernas e eu habitei entre suas coxas até esvaziar. Transamos do mesmo jeito como tínhamos transado no Natal anterior: Sissi estar li, no quarto, nos olhando, não mudou nada.

Não foi preciso contar todos os ossos que tinham se quebrado para saber dizer do que ela morreu.

Mas Nana e eu nunca soubemos por causa de quem; nunca soubemos de quem tinha sido a culpa.

Quando terminamos, Sissi não se juntou a nós, não disse, não pediu.

Ela apenas se levantou do escuro, da cadeira onde tinha sentado, no fundo do quarto, nos olhando, e abriu a porta para a luz da sala.

De modo que fiquei sem saber. Eu dei o cigarro que ela tinha pedido, ela pegou, eu perguntei Tem certeza, ela disse Não, mas mesmo assim pegou. Não costumo fumar na cama; acendi o cigarro com a desculpa de que era para que ela não fumasse sozinha. Ela não acreditou, nem eu; ainda insisti, perguntei Não vai me contar mesmo. Não respondeu; mais uma vez, apenas riu, soltou a fumaça em direção ao teto, falou, mostrando o cigarro, Isto aqui é mesmo muito bom, eu já tinha me esquecido de como é gostoso.

Eu prefiro charutos. Não depois de transar, é claro: um cigarro cai melhor. Ela foi até o banheiro e, quando voltou, disse, com a frieza e o charme masculino de um assassino de filme americano, Tem uma barata morta debaixo da pia. Eu pensava no que faria depois, se voltava para casa ou telefonava, inventava uma desculpa e mudava a data do avião.

Mas não. Do outro quarto, pela parede, vinha o gemido de uma mulher e de um homem, ritmado, cada vez mais alto, como aquela música estapafúrdia do Ravel. Ouvindo aquilo, eu não pensei em mais nada, apenas quis. Eu quis de novo e disse para ela Vem cá.

Ela veio, eu vim, nós dois viemos outra vez e depois morremos. Mortos, eu arrisquei, nossos corpos paralelos na cama, como fósforos em uma caixa, Por que não me disse que já foi lésbica. Fazia sentido a espera, todos aqueles meses gestando o encontro, a viagem, o hotel barato perto de Nova York; fazia sentido ter suportado a angústia do interstício, agora com a leveza de um sussurro. Mas a tatuagem não, na bunda dela, o nome, em letras vermelhas, Melissa: a tatuagem não fazia sentido algum; e por isso eu achei justo perguntar.

Só percebi tarde demais quanto a pergunta tinha sido esquerda, quando ela disse Vai à merda, se levantou da cama e só parou quando pôs a mão na maçaneta da porta. Não saiu porque percebeu que estava nua, como se acordasse de um sonho, paralisada de vergonha. Voltou para a cama, onde tinham ficado suas roupas, mas não se vestiu. Com o lençol, enxugou o resto de mim que escorria entre suas coxas. E me mostrou os dentes convencida de que aquilo era um sorriso.

Eu não resisti, submergi no ridículo mais uma vez: repeti a mesma pergunta, Por que não me falou que gostava de mulheres. Como se fosse mentira a tatuagem, a história de Melissa, ou da prima, o acidente de carro, as orgias dos natais, como se tudo não passasse de um cálculo frio para me enredar, ela disse, a vitória pendendo de seus lábios, E por que você não me contou que era casado.

Em vez de explicar, ou desmentir, eu apenas acendi outro cigarro; traguei a fumaça e a devolvi em direção ao teto. Pela janela, dava para ver: ia começar a nevar, mais uma vez.

COISAS

Eu só queria passar a mão nela. Deslizar os dedos, sentir os pelos, saber se são mesmo tão macios quanto aparentam ser. E sentir também o calor de seu corpo. Eu só queria passar a mão. E ela nunca deixou; eu nunca cansei de tentar. Talvez hoje, talvez desta vez, a última vez, eu consiga, ela consinta, eu ponha a mão nela como uma despedida triste.

É nisso que penso enquanto subo pelo elevador. Depois de mim, no térreo, entrou uma velha de cabelos lilás; não gosto de gente passada, mas mesmo assim digo Boa tarde. Hoje vamos estar sós, apenas nós dois no apartamento de Marcel, eu continuo pensando. A velha desce no quarto andar, diz Tchau, eu olho minhas unhas e não respondo, não resmungo um adeus qualquer. É o décimo segundo: eu desço.

Não preciso tocar a campainha, hoje tenho a chave, ponho-a na fechadura, dou duas voltas, abro a porta e entro. Sozinho. Filho da puta. Eu devia quebrar o apartamento todo: arrancar os livros das estantes, jogar tudo no chão, quebrar as taças, uma a uma, abrir as garrafas de vinho e regar os tapetes, a cama, as paredes. O filho da puta.

Mas não. Em vez disso, eu, o muito civilizado, apenas tiro do bolso a lista que fiz em casa, pacientemente, lista das coisas que vim buscar, recolher, levar embora. Vou pegá-las e saio, não volto mais, tranco a porta e deixo as chaves com o porteiro. Marcel que se foda; se ele quis assim, se me quis fora daqui, de sua vida. Eu, apesar de tudo, não tive culpa.

Antes de cumprir a lista, saio a procurar a gata: tenho que dar um jeito de passar a mão nela; hoje o animal não escapa de mim, não me foge. Ando até a cozinha, pego a comida do bicho. Depois saio pelo apartamento, espero que ela sinta o cheiro da ração e deixe seu esconderijo. Ela come um pouco, domesticada, eu passo a mão pelo seu dorso, sinto os pelos alaranjados; talvez até ela ronrone para mim, primeira e última vez.

Percorro o apartamento todo. Imito o som que Marcel fazia para chamá-la. O animal não aparece. Ela sabe que sou eu quem está aqui, quem abriu a porta; ela me vê de algum lugar e eu não a vejo. Animal traiçoeiro.

Largo no chão a ração, desisto: começo a lista. Meu CD com as obras para piano do Schoenberg, gravação de 1975, com Maurizio Pollini. Meu outro CD com os concertos para piano do Bartók, gravados em 1960 e 61, com Géza Anda ao piano, Ferenc Fricsay na regência. Duvido que Marcel tenha ouvido, uma vez sequer, algum desses CDs. Estão ainda no mesmo lugar onde eu os deixei, em cima do Chet Baker e do John Coltrane.

Cabia a Marcel ter sido mais compreensivo, eu penso, ter entendido que meu deslize não foi uma traição. Não é uma questão de ponto de vista, apenas de bom senso. Em vez disso, ele, cinematograficamente ofendido, disse Pega todas as suas coisas, amanhã, enquanto eu estiver trabalhando, e desaparece de minha vida. O filho mimado de uma grandíssima puta. Não me telefona mais, não me procura, não olha mais na minha cara, não dirige de novo a palavra a mim, foi o que ele disse e assim nós terminamos, ponto final.

Não encontro o livro com as pinturas do Kandinsky. Tenho certeza de que eu o trouxe, faz quase um ano, junto com o livro do Jung. Este último eu achei: está cheio de orelhas pelas páginas, e ainda as anotações a lápis que eu sempre pedi que não fizesse. Levo também de volta, apesar de terem sido dados de presente, todos os livros do Proust, de *No caminho de Swann* até *O tempo redescoberto*; a única coisa que ele deve ter entendido, tenho certeza, é que Proust também se chamava Marcel: aposto que não leu nenhum volume inteiro.

É claro que Jacqueline podia ter sido muito mais discreta. E ninguém teria sabido, e ninguém teria comentado, e ninguém teria terminado um relacionamento de três anos e quatro meses — Marcel e eu. Mas não, as mulheres nunca são capazes disso, de discrição. Eu expliquei a Marcel: foi como uma nostalgia da boceta, uma vontade de relembrar, sentir de novo a mulher, ser eu o homem outra vez. Não o traí. E não, é óbvio que não retrocedi à heterossexualidade, que não voltei a gostar das fêmeas humanas. Ele queria, ele quer entender apenas o que lhe der vontade, o que lhe for conveniente: então não entendeu nada.

Vou da sala para o quarto. A lista continua, ela é longa, depois dos CDs e dos livros vêm algumas roupas, minhas roupas, devidamente separadas das dele em uma gaveta no guarda-roupas. Filho de uma puta gorda e feia. E a gata ainda não apareceu, não espreitou, não cheirou a comida que eu larguei pelo chão, não miou. Os animais de estimação, dizem, adquirem os defeitos do dono: esse saco de pulgas é falso e dissimulado, como Marcel, deve estar me espiando, quieto, esperando eu sair pela porta pela última vez para então se espreguiçar satisfeito, comer, ronronar e dormir.

Mas não, ela não vai me vencer. No lugar de abrir minha gaveta no guarda-roupas, olho embaixo da cama. A gata não está ali. Saio do quarto e procuro na sala, atrás da estante, entre o sofá e a poltrona, e também na cozinha, ao lado do fogão, da geladeira. O problema todo foram os anos em que estive casado com Jacqueline: Marcel sempre os quis para si; e então descobriu que eu a vinha fodendo saudoso uma vez por semana havia quase dois meses. Não é possível, nem razoável, mas parece que o animal de alguma forma desapareceu, ela não está em parte alguma.

Marcel não me perdoou, nunca vai me perdoar. Porque ele sabe muito bem: ele não vai, nenhum de nós dois vai, nunca, poder ser a mulher para o outro. Ele não podia, não pode competir com Jacqueline. O que faltou ele entender foi que eu não a queria; Trepar com ela não é nada mais do que uma saudade, uma nostalgia da fêmea, eu disse para ele. Não me perdoou. O corretíssimo filho da puta.

Aborrecido, eu volto ao quarto, pego minhas roupas de qualquer jeito, não as dobro, ponho em uma sacola, esvazio a gaveta: quero ir embora. Pego minha garrafa de whisky, o single malt envelhecido em barris de porto, que era muito forte para o delicado paladar de Marcel. Pego minhas duas fotos, minha caneca de café, minhas torradas. Tenho raiva e quero ir embora antes que eu perca o controle, minha raiva transborde e eu comece a quebrar tudo dentro do apartamento. Confiro: não falta mais nada importante na lista; pego minha escova de dentes e tropeço na gata.

Animal filho da puta; não sei se fugia ou tentava me dar o bote. Quando percebo, o que eu quis fazer por tanto tempo, pôr a mão nela, sentir seu calor, eu faço e extrapolo por conta de minha raiva: seguro a gata pelo pescoço, com força, para que ela não fuja de mim. Seu pelo é realmente macio. Mas, enquanto se debate, mia, sibila, tenta se soltar, o que me resta a fazer, em vez de acariciá-la, é apertar, mais e mais, o nó que dou em seu pescoço com os dedos das duas mãos.

Eu rio. De repente tudo o que eu quero é que Marcel entre por aquela porta, me veja estrangulando o bicho. Mas ela não morre, não, a gata, ela apenas desiste de lutar contra minhas mãos, se finge de morta como um cão, dissimulada e traiçoeira. Eu a largo no chão, enojado. O prazer que senti, meus dedos apertando seu pescoço, é o mesmo de quando fodo Jacqueline, a jogo na cama e entro nela, aquieto sua vontade à força. Marcel não pode entender o que é isso, o virtuoso filho da puta, o marica. Ele nunca vai saber o que é brutalizar o delicado, conspurcar o belo, o frágil, forçar o quebradiço até o limite de o quebrar, mas o deixando inteiro.

Manhosa, a gata não se mexe mais, fica deitada no chão, de lado, como se estivesse prenha, segura o fôlego e não respira. Eu pego o telefone, ligo para Jacqueline e digo Quero que se case comigo, de novo. Penso o que Marcel vai dizer quando souber, se vai doer. Ele nunca vai ser a vasilha, a flor, o ventre, a mãe; está condenado pela vida inteira a ser o pai que tanto odeia. Pego minhas coisas, os CDs, os livros, as roupas, as fotos, a caneca de café, as torradas, o whisky, a escova de dentes e derramo tudo pela sala, jogo, arremesso, espalho. Decidi: não levo embora mais coisa alguma.

E então choro. Eu choro e o animal acorda, se movimenta como se tivesse preguiça ou se ressuscitasse. Eu choro, percebo que não tenho para onde ir, que meu apartamento, na outra ponta da praia, não é um lar e não é viável sem Marcel. A gata não me olha, nem mia. Pela janela, atrás de mim, o sol tomba, se apaga, e a sala escurece como se alguém morresse. Sem que eu saiba, ou perceba, o bicho desaparece. Eu fico sozinho.

Ainda no chão, não choro mais; mas continuo esperando. No entanto, eu sei: tenho que me levantar, recolher minhas coisas, sair ainda antes de Marcel voltar do trabalho, com fome, cansado, pedindo um banho quente, uma taça de vinho, colocando algum jazz silencioso para tocar na sala. Eu tenho que ir embora.

PÉS DE MACONHA E UM FILME SOBRE A VOLTA DE CRISTO

Ela perguntou, olhando o teto, Quais são seus sonhos. Não, melhor: qual é o seu grande sonho.

Eu não respondi, pedi um cigarro, que ela o pegasse na pequena mesa ao lado da cama, por favor; Me passa junto o isqueiro. Obrigado. Posso lhe oferecer um, eu disse, perguntei, junto com o gesto: estendi para ela o maço pela metade. Como ela disse Não, ainda não é desta vez que você me convence a começar a fumar, eu retruquei Hoje é um dia histórico, devia aproveitar. Mas não.

Não falo desses sonhos comuns, que a gente realiza, mesmo que porcamente, algum dia na vida, mais cedo ou mais tarde. Acendi o cigarro, soltei aliviado a fumaça de dentro de mim, para o alto; ela continuou explicando, Ter filhos, viajar para Paris, conhecer uma celebridade, ficar rico: não é disso que eu estou falando. Puxei o lençol branco sobre nossos corpos; estavam suados e o tecido aderia sobre a pele, incômodo. Quero saber qual é o seu grande sonho, seu desejo impossível: íntimo: absurdo.

Fiquei em silêncio, como se meditasse. Mas é claro que não pensava, apenas repetia para mim, consternado: Puta merda. Depois disse Fazer um filme sobre a volta de Cristo, para que a pergunta dela não ficasse sem resposta. É claro que ela riu e eu precisei advertir Estou falando sério, para que ela parasse de se sacudir com a risada.

Sim, fazer um filme sobre a volta de Cristo.

As mulheres gostam — mais do que isso, elas precisam conversar depois de fazerem sexo; eu continuei quieto com minha fumaça, ruminando. Eu me perguntava Porra, por que ela não larga o corpo sobre a cama, como eu, e relaxa. Por que ela não podia se esquecer da língua, das palavras, frases, dos verbos, por que não podia fumar um cigarro: simplesmente fumar um cigarro. Não.

Ela disse Não, você não acredita em Deus; me apontou isso como se eu precisasse ser lembrado, como se dissesse Você não gosta de berinjela. Muito menos: você não acredita em Cristo, ela concluiu. Eu sabia, no entanto, sabia por que as mulheres falam tanto depois do sexo, por que conversam, contam, perguntam; com ela não era diferente. Como então pode ser seu sonho, o seu grande sonho, fazer um filme sobre a volta de Cristo.

Ela falava, perguntava, queria saber, exigia a resposta, a explicação, pedia outra frase, mais uma palavra, debatia, argumentava, contava. Porque não tinha gozado. Sim: se eu tivesse lhe açoitado o corpo todo com um orgasmo, por pior que ele fosse, ela estaria quieta, apaziguada; aposto:

teria aceitado o cigarro, quando eu ofereci, talvez mesmo o tivesse pedido. Me explica isso melhor, ela falou, entretanto; Me conta desse seu filme.

Porque não tinha gozado. Nunca gozava. Por mais que eu me esforçasse ou inventasse, aguentasse ou esperasse: não, nunca, jamais. E o que eu podia fazer, eu dizia para mim mesmo, depois repetia a ela, em voz alta, me desculpava, lavava as mãos; eu sofria meu orgasmo, ao fim, o mesmo de sempre, e ela jurava que isso bastava.

Ela jurava que isso bastava, eu gozar, que era suficiente: meu orgasmo dava, vinha dando para nós dois ao longo dos três anos em que estávamos juntos; e depois ela começava a falar, falar, falar sem parar, falar. E cabia a mim, claro, pelo menos isto: eu tinha que falar também, responder, conversar com ela, escutar, ouvir, contar sobre a volta de Cristo.

Antes que eu começasse a contar, no entanto, falar de meu roteiro sobre o retorno de Jesus, o filme que eu nunca faria, Fernanda também já tinha se interessado pela história. Pediu um cigarro, alongando o braço tênue, branco, de dedos longos e finos, unhas curtas, rosa como nenhum esmalte sintético conseguiria imitar. Fernanda entrou no meio da conversa, não riu, disse, perguntou Você pensa em encaixar alguma reflexão, questões filosóficas, existenciais, no mito do crucificado, pensa em fazer uma releitura do cristianismo.

Sim. Era a chance que eu tinha: voltar meus olhos, roubá-los da mulher que me implorava atenção e devolvê-los para

Fernanda, para o corpo dela que eu evitava desde que tínhamos terminado de transar. Fernanda. Nua, deitada a meu lado direito; o lençol que nos cobria, a mim e à mulher, não descansava sobre sua pele, que eu vasculhava tentando ser discreto. Não, não era isso.

Não penso em filosofar, eu disse; Já filosofaram demais o cristianismo, até outras religiões vêm sendo devassadas ultimamente, depois que Cristo perdeu a graça. Voltei a olhar para meu lado esquerdo, para a mulher que se apoiava agora sobre o cotovelo, tentava participar da conversa que ela mesma propusera, mendigava não ser excluída. O enfoque que eu daria seria psicológico, eu expliquei, voltei a encarar Fernanda; Nem filosófico, nem existencial: psicológico.

Fernanda sorriu pela metade, como se me entendesse; tragou, soprou a fumaça e disse Sim. A mulher pediu Conta, qual é a história, como vai ser o enredo. Eu admirava Fernanda, sua nudez tão segura, o corpo de carnes firmes, jovem, repousando tranquilo ao nosso lado sobre a cama. Não sei muito bem, eu disse; A história, o enredo, eu completei, deveria ser trivial: os personagens seriam apresentados, seus pequenos dramas comuns, cotidianos et cætera. Os seios, os seios de Fernanda que não caberiam nas conchas de minhas mãos: trinta minutos antes eles se sacudiam, ritmados, eu os observara, não tinha perdido Fernanda de vista um minuto sequer enquanto fodia com a mulher, tentava mais uma vez fazer que ela gozasse, e em vão. É o final da história que seria extraordinário, eu disse, expliquei.

Fernanda se interessou mais, o animal curioso, felino esticado sobre a cama. A mulher disse, como se me reprochasse, perguntou É esse o seu sonho, seu grande sonho; mas ela estava mais curiosa do que Fernanda em me ouvir contar. Então eu contei. Contei e os cabelos de Fernanda, descoloridos, quase não contrastavam com a pele, um pouco bronzeada; eu estiquei os olhos até as coxas, onde elas se uniam, o fulcro das pernas coberto de pelos negros, aparados rentes. Puta merda, eu pensei; é possível que tenha suspirado: Puta merda. Contei meu sonho, o grande sonho, o filme que eu nunca iria fazer.

São Paulo. Ou Nova York, Milão, Berlim, Londres, Tóquio.

Uma grande explosão, de repente, ao longe; um barulho fortíssimo. A explosão é, no entanto, sobretudo luz: toda e inteira luz.

As pessoas param. Os carros ficam pelas ruas: os que iam dentro deles abrem as portas, saem para olhar. Ninguém sabe o que aconteceu, ou consegue entender.

Enquanto isso, um rumor vem chegando, sorrateiro, um burburinho que corre por entre os prédios. É como se ratos, milhares de ratos, corressem pelo chão da casa, pela sala, pela cidade. E vêm chegando.

Mas não são ratos: são pessoas, uma onda humana que se aproxima. Uma multidão, desesperada, corre pelas ruas, escoa delas. Quem assistia passa a correr também, a gritar, contaminado pelo terror da turba.

A câmera vai buscando, no meio da multidão, os rostos transfigurados pelo medo. Uma mulher berra Puta merda, enquanto corre. Outra larga o filho pequeno no meio da multidão, atropela quem está a sua frente: ela tem pressa, apavorada, grita Caralho, Jesus está vindo. E mais alguém diz Corre, Jesus voltou, fodeu, ele voltou. Um velho cai no chão; ele sabe: irão deixá-lo ali; ele é pisoteado e a câmera não perdoa, registra os detalhes, o sangue.

O terror se espalha, como um rio que vaza. Adolescentes de cabelos coloridos gritam Puta merda, é Jesus Cristo. Um grupo de turistas, com máquinas fotográficas devidamente instaladas em volta dos pescoços, diz, incrédulo, pergunta Jesus está voltando. Uma freira chora, diz É Jesus, filho da puta, é Jesus que está aí de novo. E todos correm, os adolescentes, os turistas, a freira, todos correm apavorados.

Correm de Jesus, da grande explosão de luz que é Jesus.

Otavio não se aguentou, foi o primeiro a rir. Eu também, é claro, eu também ri. Esse é o meu sonho, meu grande sonho, eu concluí. Não é ir para Paris, ter filhos, escrever um livro, conhecer uma celebridade, ficar rico. Fernanda, talvez um pouco chocada, não sabia ao certo se deveria rir; continuou séria, fumando calada. Por sua vez, a mulher se mostrou francamente preocupada comigo ou com minha sanidade, se não ofendida em algo que não se descobriu depois.

É isso; meu sonho, e não sei desde quando, eu disse, meu sonho é gravar essa multidão correndo, as pessoas berrando Caralho, fodeu, Jesus está vindo, e continuando a correr, apavoradas, enchendo as ruas de alguma metrópole. Não sei por que, nem como isso nasceu em mim, ou quando. A mulher disse Que aberração, é a coisa mais doentia que eu já ouvi.

Otavio, deitado depois de Fernanda, deixou o riso e chegou à gargalhada. Ela, Fernanda, continuou séria, sempre séria, como se me julgasse, mas ainda sem julgamento.

Envergonhada com minha sandice, a mulher passou a pergunta a Otavio, tentativa dupla: fazê-lo parar de gargalhar e tirar os holofotes de cima de mim, das ideias doentias de minha cabeça. Funcionou. Ele apoiou a mão sobre o quadril de Fernanda, beijou seu ombro, suavemente, pensou um pouco, perguntou para ela ou para si mesmo Qual é o meu sonho, meu grande sonho.

Fernanda não respondeu. Ela sempre foi repleta de silêncios, pausas, desde o começo. Estendeu a mão para mim, disse Muito prazer, mecanicamente, sem demonstrar o prazer mentiroso que ela afirmava que tinha por me conhecer. São convenções sociais, eu entendo; repeti Muito prazer, sem mentira, apertei sua mão, sorri, busquei seus olhos inutilmente e soube já naquele momento que estava fodido. Otavio comentou, como quem não diz grande coisa, Vamos nos casar, depois embutiu Dá para acreditar, sem qualquer interrogação, e pediu um café com leite.

Ele pegou a mão dela e dois meses depois casaram. Não consegui me esquivar de ir ao casamento, a mulher foi junto, grampeada em meu braço, coberta de lantejoulas; rancoroso, eu disse Desde que éramos crianças Otavio sempre teve mais sorte do que eu. É claro que a mulher entendeu o que eu falei, ficou emburrada a noite inteira, desde a cerimônia religiosa até o final da recepção, mas eu não me importei, já sabia, desde que conheci Fernanda eu sabia: estava fodido.

Agora estavam ali, os dois, nós quatro, nus sobre a mesma cama, debaixo do mesmo espelho. Otavio pensava na pergunta da mulher, que precisava sempre falar, ouvir, perguntar ou contar depois que fazia sexo: Qual é o seu sonho, seu grande sonho; não conseguia achar a resposta, ou ao menos não uma tão original quanto a minha. Fernanda, quieta, consentia na mão de Otavio sobre seu quadril, deitada de lado e oferecendo a mim os seios descobertos, que eu olhava discreto, desejava, virado na direção dela com a desculpa de ouvir Otavio contar seu grande sonho. Mas eu não queria ouvi-lo, é claro que não.

O que eu queria era ainda a mesma coisa: não tinha mudado desde o dia em que Fernanda disse Muito prazer; era a mesma vontade, talvez um pouco mais forte, cimentada pelo hábito de tanto a querer. Eu estava fodido. Por isso não tive medo de propor, em um momento de desespero, propor a Otavio esta noite — nós quatro e uma cama apenas, um quarto. Ele aceitou rindo, sem saber que era sério.

A mulher, quando soube, enfileirou adjetivos quase em ordem alfabética: doentio, obsceno, pervertido, ridículo, nojento; depois concluiu com um substantivo derivado: putaria. Agora esperava, excitada, Otavio contar alguma idiotice, seu grande sonho, e momentos antes tinha sido a primeira a tirar a roupa, a afastar as coxas e dizer, despudorada, Me come. São convenções também, eu sei, fingimentos, falsas morais, o pudor e o despudor. No entanto, tinha chegado a hora, a minha hora: era preciso agir.

Mas não, ainda não. Justamente quando tinha chegado a hora, quando eu tinha juntado toda a coragem de que precisava, Otavio começou a contar. Seu grande sonho ia ser revelado.

Plantar pés de maconha. Sim: maconha, cannabis, marijuana. Plantar muitos, muitos pés de maconha.

Mas não como uma plantação. Não para vender. Não para fumar.

Com um balão, ou com um avião agrícola, eu iria sobrevoar a cidade e lançar sementes. Aos poucos. Silencioso.

E então um dia as sementes começariam a germinar, a crescer, depois a florir. Haveria pés de maconha brotando nos lugares mais inesperados: nos canteiros das árvores dos bulevares, nos parques, nos vasos dos quintais, nas hortas, pelo meio das hortaliças, nos canteiros centrais das avenidas, na grama dos estádios de futebol.

Esse é o meu sonho. Ver o estupor, a confusão, a fúria, o riso.

A polícia correndo com enxadas, com pás, para arrancar as plantas dos jardins públicos, depois as queimar, como os nazistas queimaram os livros do Musil.

Os moralistas examinando os próprios quintais, seu desespero para eliminar qualquer pé que possa ter nascido entre as begônias, entre os antúrios.

Os casais de idosos discutindo sobre a estranha planta brotando no vaso de avencas, suas folhas serrilhadas, vigorosas.

Os apreciadores da erva vasculhando os canteiros das ruas, das avenidas, atentos a qualquer mato incipiente, gratuito.

Eu me delicio imaginando as declarações bisonhas da polícia, o discurso dos políticos, as explicações, teorias dos cientistas para justificar a geração espontânea da maconha por toda a cidade. Meu sonho é anarquista, eu sei. Mas não deixa de ter um toque artístico, humorístico, talvez até filosófico.

Alguém um dia vai dizer que eu não fui leal. Vão apontar Otavio deitado sobre a cama, suas mãos que não apalparam, não tocaram a mulher empalada em cima dele, seu corpo rígido mas passivo, entregue à vontade dela; vão dizer que ele não impôs, não tomou para si, não penetrou. Um dia vão dizer que eu fui um grande filho da puta.

Mas é evidente que não fui; não posso concordar.

É verdade: eu enchi as mãos nos seios de Fernanda, amassei, suguei cada um deles, depois passeei os dedos pelos seus lábios, pelas bocas dela. Eu segurei as ancas de Fernanda com força e com força eu me pus dentro dela, pedi Fica de quatro, e me pus dentro dela. Eu a domei pelos cabelos, disse Puta, disse Cadela, disse Vagabunda, e me revezei no repetitivo exercício de estar dentro e depois fora dela até a exaustão, cada vez mais rápido e com mais força, cada vez mais desesperado. Tudo isso é verdade.

Nada disso prova, entretanto, que eu fui desleal com Otavio.

Eu teria faltado com a lealdade que merece a amizade de 21 anos se, em vez de propor esta noite, este quarto e esta cama, eu tivesse plantado chifres de boi pelo crânio de

Otavio; se tivesse procurado Fernanda pelas costas dele, sem que ele soubesse; se tivesse dito Puta, Cadela, Vagabunda enquanto fodia Fernanda em um motel barato, clandestino, anônimo. Não foi o que eu fiz.

Quando Otavio terminou de contar sobre seu grande sonho, os pés de maconha nascendo pelos canteiros, pelas ruas, nos vasos, nos quintais, pelos campos de futebol, eu estava mais do que pronto. A hora já tinha sido anunciada, antes de ele começar, a rigidez que me movera até aquele quarto já tinha se instalado novamente em mim, oculta, debaixo do lençol. E eu não fraquejei: pela primeira vez na vida, não me faltou a coragem.

A mulher me olhou com cara de cachorro mimado, que vê o dono passando a coleira para uma pessoa estranha, no meio da rua; seus olhos suplicaram, pediram quietos, imploraram. Otavio mais uma vez não acreditou que fosse sério, depois olhou a mulher com olhos gordurosos, discretos, mas eloquentes o bastante. E Fernanda abriu um sorriso de lua minguante, fino, claro, como se dissesse Eu já sabia.

Eu ri desajeitado, cortês: a ideia de usar um avião agrícola para espalhar sementes de maconha pela cidade tinha sua graça. Depois propus, com toda a insegurança da negativa que ia junto:

Por que não fazemos uma troca de casais.

Fizemos. Sim, Otavio e eu trocamos de mulher; Fernanda e a mulher trocaram de homem.

Desde que Fernanda disse Muito prazer, eu esperei, sofri, quis, fantasiei. Ela casou com Otavio dois meses depois e eu continuei ruminando, quieto, atado à mulher, à casa, ao casamento, à rotina, ao trabalho, como gado de abate engordando rancoroso debaixo do sol. Nós quatro entramos neste quarto, hoje, bebemos apenas o whisky necessário para tirarmos as roupas e começarmos a foder; eu transei com a mulher desejando Fernanda, querendo Fernanda, esperando ainda Fernanda.

E então quando consegui, quando tinha Fernanda firmemente encaixada em mim, eu dentro dela — quando eu consegui, a mulher, a meu lado, em cima de Otavio, disse que ia gozar.

Sim: a mulher, cavalgando em cima de Otavio, disse Ai, meu deus, eu vou gozar. Otavio: o amigo leal, das mãos que não apalparam, não tocaram, o homem dos cavalheirismos sexuais, passivo, que não se impôs, não exigiu, não tomou, não penetrou. A mulher: aquela que nunca havia permitido que eu lhe concedesse um orgasmo, que não se cometia o Everest de prazer junto comigo, a boa mulher compreensiva que sempre disse que meu orgasmo bastava, era suficiente para nós dois. Essa mulher, atarraxada sobre aquele Otavio, disse Ai, meu deus, eu vou gozar.

Puta que pariu, ou Puta merda, foi o que eu balbuciei instantaneamente. E depois eu disse Filho de uma cadela, sai de dentro dela, como se não fosse a mulher quem impusesse Otavio para dentro de si. Eu disse Para, disse Parem, disse Sai de cima dele. E enquanto dizia tudo isso eu estava em Fernanda cada vez mais rápido, cada vez mais forte, as mãos grudadas em seus quadris, segurando, apertando, puxando: eu tentava de qualquer jeito precipitar o fim para estar livre e impedir o orgasmo da mulher. Mas não.

Eu não gozei em Fernanda. Não. Era, ao contrário, a mulher quem ameaçava transbordar em um orgasmo a qualquer momento; estava cada vez mais perto, mais alto, mais urgente, mais inevitável. De modo que não tive escolha: desocupei Fernanda, disse mais alguns palavrões e tirei a mulher de cima de Otavio. Reconheço: fui bruto. Mas, se não tivesse usado a força, agarrado a mulher pelos braços e a puxado de cima de Otavio, ela fatalmente teria gozado.

A Otavio couberam os adjetivos: Corno, Filho da puta, Brocha e Veado; à Mulher couberam: Vadia, Puta, Vagabunda e Rameira (completamente anacrônico este último, eu sei). Eu gritei Você não vai gozar no pau dele, disse Por que estava gostando tanto, depois ameacei Você vai ver como eu lhe fodo. A cena foi ridícula, tenho consciência disso, agora, que já é tarde demais: um homem, eu, nu, gritando insultos em um quarto de motel, o pau apontando como uma vara, ora para um lado, ora para o outro. Ridículo, risível.

Ninguém riu, no entanto, não naquele momento, enquanto eu berrava, chamava Otavio de Cão, a mulher de Cadela, me esquecia completamente de Fernanda, que talvez ainda me quisesse dentro dela.

Foi só depois que eu disse Vem cá, disse Vem aqui, puta, e peguei a mulher à força, a preenchi até o fim, com raiva, com fúria; foi só depois que eu comecei a ir e vir dentro dela, como se fosse uma máquina imbecil, descontrolada, que

Otavio e Fernanda começaram a rir. Os dois sentaram do outro lado da cama e foram a plateia do nosso circo íntimo e pornográfico.

Eu implorava à mulher, dizia Goza, xingava Filha da puta, repetia Goza agora, cadela; eu implorava, dizia, xingava e a cobria como um animal triste, desesperado. E Fernanda ria, olhava para nós dois e ria; Otavio gargalhava, batia palmas e incentivava, torcia, dizia Vai, dizia Agora, dizia Com mais força.

A mulher, no entanto, não fazia nada além de manter as coxas afastadas uma da outra, de pousar as mãos nas minhas costas, sem me puxar, sem pedir, mas sem empurrar, sem dizer Não. Eu implorava Goza, e ela não gozava. Talvez fizesse de propósito: segurasse o orgasmo que tinha vindo, se insinuado, ameaçado tão fácil com Otavio; talvez mentalmente fizesse cálculos matemáticos, subtrações, somas, divisões, como eu tantas vezes tinha feito, apenas para não gozar. Relutante, a mulher me dava com todo o ridículo da vida na cara, como uma enorme bofetada pública.

Então fui eu quem gozou. Sim, não aguentei mais e fui o rio manando para dentro dela, da mulher, nascente continuando por suas entranhas até o lugar desconhecido; eu fui a espada líquida, branca, ferindo fundo suas carnes; eu gozei. A mulher me conteve, abraçou, segurou em seus braços os espasmos que me tomaram, abafou em seu peito os gemidos que eu não consegui guardar do quarto. Fernanda e Otavio já não riam, e não existiam mais.

E se a mulher não gozou, não teve o orgasmo que eu quis para ela, que tinha que ser meu, nascer de mim: eu não tenho culpa. Tombei para o lado e pedi mais um cigarro. Soprei a fumaça para o teto do quarto, aliviado. Ela, mais uma vez, não fumou. Logo ia começar a falar.

Mas tudo bem: não tem problema, não teve, não tinha problema algum; que falasse o quanto quisesse. Ela não gozou, a mulher, mas eu sei: meu orgasmo vale, sempre valeu por nós dois.

PARAFILIAS

Um café me fazia companhia, sobre a mesa e pela metade. Eu ouvia a conversa dos outros por hábito, porque as cadeiras em minha mesa, vazias, não me contavam mais nada.

Me desculpa dizer só no final, a mulher falou, mas não existem parafilias.

Ela e um homem, a minhas costas, tinham havia 45 minutos uma conversa que ia do incomum ao bizarro; ela falava mais do que ele, na proporção de três frases para uma; às vezes parecia que ensinava, outras vezes, que se oferecia.

Sim, ele perguntou, pediu a conclusão do raciocínio dela.

Virei para trás com a desculpa de chamar a garçonete; precisava matar minha curiosidade, olhar para os dois. Eram pessoas completamente normais, dessas que ninguém repara na rua, mesmo se levam uma melancia pendurada ao pescoço.

Ela respondeu Há só a solidão humana, depois completou Parafilias, perversões: isso é tudo besteira. Mais do que a inteligência, é a solidão o que melhor caracteriza o ser humano, essa sua incapacidade constante de compreender e de ser compreendido.

Eu pedi outro café.

O homem não retrucou.

A mulher disse Obrigada por tudo, e o ruído de uma cadeira sendo arrastada terminou de dizer o que ela não calou. Os dois se levantaram a minhas costas, sumiram.

Eu agradeci também, adocei o café, perguntei a Fabiana, a garçonete que me servia com um sorriso emperrado no rosto, se ela achava que iria chover. Ela respondeu Sim, vi na televisão, há pouco, a previsão do tempo, e foi embora. Eu suspirei.

Suspirei e pensei que a mulher tinha razão. Solidão humana, não foi isso o que ela disse? Ou eu inventei essas histórias todas?

Este livro foi composto na tipologia Warnock
Pro Regular, em corpo 11/16, e impresso em
papel off-white 90g/m² no Sistema Cameron da
Divisão Gráfica da Distribuidora Record.